Christine Trüb

Die Liebe der beiden Frauen
zu den Gärten. Roman

Christine Trüb, geboren in Berlin, aufgewachsen in Paris, Bern, Zürich und London. Ausbildung in Gesang, Sprechtechnik und Logopädie, lebt mit ihrer Familie in Zürich. Jahrelang redaktionelle und übersetzerische Betreuung einer Zeitschrift von „terre des hommes". Von 1984 bis 1997 freie Mitarbeiterin der Beilage *Wochenende* der *Neuen Zürcher Zeitung*. Bisher erschienen: *Die Häuser abgebrochen, die Gärten zugeschüttet* (1996), *Das schwimmende Wort* (1999), *Mit Venedig beginnen* (2002), bei Limbus: *Ach der* (2009)

Christine Trüb

Die Liebe der beiden Frauen zu den Gärten

Roman

Limbus Verlag

Figuren, Handlung und Orte in diesem Roman sind frei erfunden. Ähnlichkeiten mit lebenden oder verstorbenen Personen sind nicht beabsichtigt und rein zufällig.

2. Auflage

Umschlagfoto © Jessica Tremp
the zoo and the hot air balloon
Druck: Finidr, s.r.o.

ISBN 978-3-902534-54-5
www.limbusverlag.at

Früh ich in den Garten ging
Mein Aug an einem Zweige hing
Der blühte schneeig weiß
Wie ward das Herz mir heiß.

Aus einem alten Volkslied

I.

Ein kleiner weißer quadratischer Zettel, darauf der Name einer Frau. Adresse und Telefonnummer. In Klammern gesetzt die Vorwahlziffern für Deutschland. Bald, denkt sie, bald. Und legt den Zettel, den sie mehrmals am Tag, in Gedanken versunken, eine Weile anschaut, dorthin zurück, wo sie ihn von Anfang an hingelegt hat, zuvorderst in das Buch mit dem weißen Umschlag und der blauen Schrift, das sie seit einer Woche wieder liest, *Une vie discrète*. Als sie im Februar in einer Buchhandlung an der Rue des Ecoles in Paris darin zu blättern beabsichtigte, blieb sie längere Zeit vor dem Büchertisch mit den Neuerscheinungen stehen, weil sie bereits der erste Satz gefangennahm. „An einer Bushaltestelle übergibt ein stattlicher lebhafter älterer Mann einer graublonden schlanken Frau einen kleinen quadratischen weißen Zettel mit den Worten: Er ist einverstanden, dass du sie anrufst." Auf diese Worte hat die Frau im Buch gespannt gewartet. Sie dankt dem Mann. Darauf umarmen sie sich und drücken sich eilig die drei Küsse auf die rechte linke rechte Wange, weil von der Allee her ein Bus sich nähert und bereits anhält. Die Frau steigt als Einzige ein.

Die Menschen im nahe gelegenen Altersheim sind vom Mittagsschlaf noch nicht aufgestanden, die Schüler sitzen in den Klassenzimmern des nahe gelegenen Gymnasiums, die Gäste des gegenüberliegenden Restaurants begleichen die Rechnung. Kurz nach zwei. Bevor die Frau im beinahe leeren Bus einen Sitzplatz wählt, blickt sie zurück. Der Mann winkt mit hoch erhobenem Arm und entfernt sich danach rasch in Richtung des langgezogenen, um 1880 erbauten Gebäudes, in welchem seine Eltern zwei ineinandergehende Zimmer bewohnen. Im einen liegt der Vater, der heute 91 geworden ist, im Bett, im andern steht die Mutter vor dem hohen Fenster und sieht klopfenden Herzens den Sohn zurückkommen. Inzwischen hat der Vater die Augen geschlossen. Hat sich abgesondert. Ist unerreichbar geworden.

*

Die Frau im Bus schaut den Zettel nicht an. Sie fährt zum Bahnhof und von da mit dem Zug nach Paris zurück. Sie blickt hinaus, ohne etwas zu sehen. Obwohl sie weiß, dass die Gärten Ende Mai prachtvoll sind.

*

Diese Romanfiguren kommen ihr irgendwie bekannt vor, als wäre sie diesem stattlichen älteren Mann und der graublonden schlanken Frau schon irgendwann, irgendwo begegnet. Diese Frau könnte sie selbst sein. Sie sieht, als wär's gestern gewesen, den Bus in der langen Platanenallee näherkommen, sie sieht sich, einen kleinen weißen Zettel in der Hand. 1996 war das. Sie fuhr nicht nach Paris, lebte woanders, in einem anderen Land. Und wie die Frau im Roman zögerte sie. Tagelang. Sie wusste, sie würde einen bis anhin unbekannten Menschen in ihr Leben einlassen, der fortan darin seinen Platz haben, aus dem er nie mehr wegzudenken sein würde, wollte sie das überhaupt, wollte sie eindringen in die Geschichte zweier Liebender, die vor ihr geheimgehalten wurde lange Jahre, bis ihr die aus dem Ausland angereiste Schwester über den Tisch hinweg, an dem sie saß mit ihrem Kind, einem Säugling, zurief, triumphierend fast, er, der Vater, dieser Mann, den alle so gut zu kennen schienen, er, ein treuer Mann, nein, er hat eine Geliebte, seit Langem schon, weißt du das nicht? Und sie gelassen blieb des Kindes wegen auf ihrem Schoß, das ihr im Augenblick so viel mehr bedeutete als das Aufdecken verborgener Geheimnisse.

Bloß erinnerte sie sich an die bedrückende Stummheit, die sie in jenem Landhaus wahrgenommen hatte und die sie sich nicht erklären konnte, dort, wo das bereits ältere Paar jahrelang gewohnt, sich einen lebenslangen Traum erfüllt hatte, ein großes Haus mit weiten und hohen Räumen, wie gemacht für das Glück, das fernzubleiben schien unerklärlicherweise, und wo manchmal das Telefon läutete, dreimal hintereinander durch den langen Flur hallte, bevor es verstummte, und später, wenn die Frau ins Dorf ging, um einzukaufen, der Mann endlos lange Telefongespräche führte entgegen seiner sonstigen Gewohnheit, und wo geschah, was nicht hätte geschehen dürfen. Und das seine Frau, hätte es ihr nicht die Sprache verschlagen, vielleicht so hätte erzählen können: Frühmorgens durchschreite ich langsam meinen Garten. Jeden Tag. In meinem langen wattierten Morgenmantel mit dem Blumenmuster, die nackten Füße in weich und warm gefütterten Pantoffeln, schreite ich hinaus, den Beeten entlang, Grün, viel Grün, drinnen die bis auf den Boden fallenden Vorhänge aus Samt, das grüne Leinen auf den gepolsterten Sesseln, dazu Rosa, helles, dunkles, am liebsten *vieux rose*, Altrosa, drinnen die Farben von Blumen und Blättern und draußen jetzt, Ende Mai, die aufblühenden Rosen, das üppige Grün. Drinnen ruft er, der Tee ist bereit, er liest die Zeitung, ich streiche meine Brote, ein älteres Paar, seit vierzig Jahren zusammen, vor fünfzig Jahren gingen wir in dieselbe Klasse des Gymnasiums. Dienstag heute, nein Mittwoch. Er wird in die Stadt fahren, er wird sein winziges Büro in der obersten Etage eines Geschäftshauses in einer der Hauptgassen aufsuchen und ich, ich werde mich um das Haus kümmern, um den Garten, in seinem Arbeitszimmer etwas Ordnung machen, den schweren böhmischen Aschenbecher leeren. Überall Zeitungen, Zeitungsausschnitte. Tabakkrümel. Ein aufgeschlagenes Buch. Ein Brief als Buchzeichen. Was liest er denn? Ein englisches Memoirenwerk. Ich kenne die Schrift nicht, blauer Kugelschreiber, wie stillos. Schöne Marke, weiches Grün, Altrosa. Deutsche Bundespost. Daneben ein Stempel. Herzlich willkommen in Bad Wörishofen im Allgäu. Allgäu? Da waren wir nie. Der Briefumschlag auf dem geöffneten Buch. Praktisches Buchzeichen, ein leerer Briefumschlag. Leer? Er fühlt sich nicht so an. Ein Brief aus dem Allgäu, wo wir nie gewesen sind. Sicher ein junger Historiker, der etwas wissen will über die Zeit des Zweiten Weltkriegs. Verehrter Herr Doktor, undsoweiter undsofort.

Eine andere Anrede. Dieselbe, die ich geschrieben habe in Zeiten vorübergehender Trennungen. Geliebter … Der Inhalt kreist nicht um Kinder, um den Alltag, er spricht von Büchern, englischen, und davon, wie herrlich der Spaziergang gewesen sei, neulich, am Flussufer, zum Schluss Sätze wie früher die meinen, „kann unser Wiedersehen kaum erwarten“, „lebst immer an meiner Seite“. Wo? Im Allgäu? Hier, hier, an meiner Seite. Hier. Dort. Bin mir über meine Lieblingsfarben nicht mehr sicher. Weiches Grün, Altrosa. Die Anziehung dieser fremden Briefmarke. Ein schwarzer Stempel. Und Wellenlinien. Wellen. Schwarz.

Oder war es anders, hat sie ihn in die Stadt begleitet, in sein winziges Büro, wo sie auf ihn warten wollte, während er in einer Bibliothek etwas nachsehen musste, und kam ihr plötzlich in den Sinn, dass der vermisste Schlüssel zu einer Kommode, den sie seit dem Umzug vergeblich suchte, vielleicht in der obersten Schublade dieses schäbigen Schreibtisches liegen könnte, und öffnete sie die Schublade, suchte den Schlüssel und fand stattdessen einen Brief in einer unbekannten Schrift und aus dem fremden Land, einen Liebesbrief. Den sie zu lesen beginnt, hastig, erschrocken, verwirrt, ihn in die Handtasche packt, die offen gebliebene Schublade schließt, den Raum verlässt, später anrufen wird, um zu sagen, sie habe seine Rückkehr ins Büro nicht abwarten wollen, sei nach Hause gegangen und erwarte ihn zum Mittagessen.

*

– Wie immer kam er mittags nach Hause, Punkt halb eins musste die Suppe auf dem Tisch stehen, und kaum hatte er sich hingesetzt, fing er zu essen an, hat nie gewartet, bis ich mich selbst bedient hatte, heute jedoch empfing ich ihn mit dem Brief in der Hand, stand im Flur, als er hereinkam, streckte ihm den Brief hin, was das sei? „Wer ist diese Frau?" Sein veränderter Gesichtsausdruck, seine Handbewegung, als schneide er etwas entzwei, trenne einen Kopf vom Rumpf. „Schweig. Eine alte Sache. Liegt weit zurück. Was willst du hören. Ja, ich hatte eine Geliebte, sechs Jahre lang. Hat nichts mit uns zu tun.“ –

*

Sein Herunterspielen, seine Verweigerung, zu erklären, sein Schweigen, das er nie durchbrechen wird. Während ihr der Boden unter den Füßen weggezogen wird. Ein Spalt sich öffnet, in den sie nicht blicken will, hinter dem die Tatsachen des Lebens sich nicht zur Einheit zusammenfügen, alles ins Schwanken gerät. Das Bild von sich zerrissen wird und kein neues zur Verfügung steht und er, der Mann, der es weiß und nicht wissen will, weil er sich selbst nicht wiedererkennt und das eigene Bild, das er sich von sich gemacht hat, eingerahmt für die Öffentlichkeit, einem anderen weicht, dem er in Romanen, in seinen Lieblingsbüchern begegnet ist. Er will keine Romanfigur sein, er verbirgt sein anderes Leben, „une vie discrète“, an der Seite einer Frau, die weit weg lebt, das hätte nicht geschehen dürfen, dass ein Brief gefunden wird, dass ein Geheimnis ans Licht kommt, nein, dies hätte nicht geschehen dürfen.

*

– Ich schrie, ich heulte, mein Kopf schien zu zerspringen, ich verließ den Tisch, um Jahre gealtert, ich musste mich hinlegen, nur mit Mühe erreichte ich unser gemeinsames Schlafzimmer, die Ehebetten, zwischen denen ein Abgrund von unermesslicher Tiefe sich geöffnet hatte, ich wagte nicht hinunterzublicken, unverrückt standen die Betten mit dem hölzernen Kopfteil nebeneinander, vor vierzig Jahren hatten wir sie angeschafft, hier wurden drei unserer Kinder gezeugt, ich ertrage ihn nicht mehr, diesen warmen Ton des Holzes mit seiner schönen Maserung, ich will dieses Knarren nicht mehr hören, wenn er seinen schweren Körper von der einen Seite auf die andere dreht, ich werde weggehen, eine Zeitlang allein sein, mich zurückziehen. –

*

Und seither hat sie nicht aufgehört, sich zu hintersinnen, nach Zusammenhängen zu suchen, ohne sie zu finden, und hinter der Stirn der stechende Schmerz, als werde eine kleine Bleikugel hin und her geschleudert gegen die Schädeldecke. Und in den weiten Räumen des Landhauses dieses kompakte Schweigen und dieses schrille Läuten des Telefons dreimal hintereinander und dann Stille. Unerklärlich und unheimlich.

*

Ich saß unter dem blühenden Flieder zuhinterst in meiner kleinen Gartenoase, ich las in einem seiner Briefe, „… die Tage gehen dahin, und ich lebe von deinen Briefen, Anrufen und der Aussicht auf nächste Begegnungen." Fast täglich schickt er mir ein Lebenszeichen, innigst Geliebte, seit sechs Jahren nun, ich war vom Verlag nach Hause gekommen, eine kurze Mittagspause, ein Brötchen unter dem Fliederstrauch, ein Liebesbrief, bevor ich wieder zur Arbeit musste, die Fenster hatte ich offengelassen, ich hörte das Klingeln, rannte hinauf, nahm den Hörer ab, außer Atem, sagte „Ja?". Noch nie hat er um diese Zeit angerufen, hält seine Mittagsruhe, ich weiß es doch, er hat davon geschrieben, wie er sich zurückziehe, die Augen schließe, an uns denke. Dies hätte nicht geschehen dürfen, sagt er, schrecklich sei es gewesen, mit dem Brief in der Hand habe sie ihn empfangen, was das bedeute, und getobt und geschluchzt, ein Lügner, Betrüger, und die Kinder würden sich alle von ihm abwenden. Sie habe sich im Schlafzimmer eingesperrt, werde lange nicht herauskommen. Von nun an wird es schwierig werden, wir werden uns etwas einfallen lassen müssen. Es wird sich geben, nur nicht verzweifeln, habe ich ihm gesagt und war selbst verstört, schloss das Fenster, der Garten hatte sich verdunkelt, legte den Brief zu den andern in die Truhe, eilte in den Verlag, lektorierte die Übersetzung eines englischen Textes, ich kannte bis anhin die Schriftstellerin nicht, eine aus Edinburgh, ich werde ihm davon erzählen – erzählen? Wann? Von nun an wird es schwierig werden, hat er gesagt, habe abends nichts gegessen, erwartete einen Anruf, lag lange schlaflos.

Wird sie ihn verlassen? Werden sie sich trennen? Wird er endlich hierherkommen können, sehen, wo ich lebe, wo ich arbeite? Mit mir in meinem kleinen Garten sitzen, in aller Ruhe Tee trinken an meinem runden, vom Rost zerfressenen Tisch, nachts neben mir einschlafen, neben mir erwachen, mich in die Arme nehmen. Jetzt, wo ich endlich allein bin, meine pflegebedürftige Mutter nicht mehr lebt. Körperlich hinfällig, bis zum letzten Atemzug vollkommen klar im Kopf, eine gläubige Katholikin, die meine Liebesbeziehung nie gebilligt hätte. Ihr konnte ich mich nicht anvertrauen. Bis zuletzt hat sie sich erinnert an meinen Mann, der an der russischen Front gefallen ist, hat in den Fotoalben geblättert, das bist du in jungen Jahren, schau, wie dunkel dein Haar gewesen ist, welch ernster lieber Mensch, dein Mann, fiel an der Front, kurz bevor du gebären solltest. Dein Bub hat nicht überlebt. Du warst so verstört damals, dies ist mein Lieblingsfoto. Ein junger schlanker Mann mit Brille und kurzen Haaren und ich im hellen Sommerkleid, wir halten einander an den Händen, wie Kinder stehen wir da, Mutter liebte das Bild, jetzt ist sie tot und ich bin einundfünfzig. Jetzt könnte ich ihm hier ein Zimmer einrichten, einen Arbeitsraum; noch bevor es in Druck ginge, würde er mir vorlesen, was er schreibt, die Wohnung wäre erfüllt vom Duft seines Pfeifentabaks, was male ich mir aus, was träume ich vor mich hin.

*

– Ich erschieße mich, hat er gesagt, ich erschieße mich, wenn du mich verlässt. Weshalb will er nicht, dass ich weggehe, dass wir uns eine Zeitlang trennen, dieses „ich erschieße mich", ich weiß nicht einmal, ob im Haus eine Pistole ist und wo er sie hingelegt hat, so vieles finde ich nicht mehr, seit wir hierhergezogen sind, uns einen Traum erfüllt, ein großes altes Haus gemietet haben mit quadratischen hohen Räumen, einem Rosengarten und einem kleineren, versteckten Garten mit Spalieren, einer Wiese, von März bis Oktober wird es blühen. Drinnen diese langen Flure mit den Steinfliesen, in den Zimmern altes Parkett in hellen und dunklen geometrischen Mustern und Kachelöfen und Kaminfeuer. So schön haben wir noch nie gewohnt. Ringsum ein alter Baumbestand. Wir bezahlen wenig, die Besitzerin wollte das Haus so schnell als möglich vermieten, nachdem ihr Mann sich erhängt hatte, nicht hier, anderswo, manchmal haben wir das Gefühl, er besuche uns nachts, schrecken auf in der Stunde des Wolfs, hören Schritte. Ein Haus voller Erinnerungen. Früher einmal wohnte hier ein Arzt, der einige Privatpatienten bei sich einquartiert hatte. So viele Geschichten, so viel Erlittenes. Jetzt rennen die Enkel durch das Haus und den langen Flur in der oberen Etage, wo das Tischchen steht mit dem Telefonapparat, unsere engsten Freunde wissen, dass sie lange läuten lassen müssen, nur manchmal, da klingelt es drei vier Mal, ich hab's nie gezählt, und kaum hat man die Treppe erreicht, hört's auf, zwei drei Mal, es lohnt nicht sich zu erheben, doch wie weiß man das, schon steht man auf, schreitet zur Tür, ist kaum bei der Treppe angelangt – Stille. Drei vier Mal waren's, allerhöchstens. –

*

Wir haben ein Zeichen vereinbart, wir könnten es ja sonst nicht aushalten, diese langen Trennungen bis zum nächsten Wiedersehn, natürlich fahre ich so oft wie mög-

lich in seine Stadt, habe eine günstige Pension gefunden, die Frau ist nett, verlangt nicht viel fürs Zimmer, gibt mir, wann immer möglich, dasselbe, ein schmaler Schlauch, egal. Ich muss mein Geld einteilen, die Reisekosten, sieben Stunden brauche ich mit dem Umsteigen in Buchloe, die Übernachtungen, die Mahlzeiten, wobei ich oft eine Kleinigkeit im Zimmer esse, bei schönem Wetter auf einer Parkbank, ich kenne die Stadt besser als viele Einheimische, Ferien gönne ich mir kaum mehr, die letzten sechs Jahre fuhren wir ja manchmal für zwei Tage an einen schönen Ort, er wollte mir sein Land zeigen, immer habe ich im Verlag Überstunden gemacht, um kurzfristig freinehmen zu können.

Oft war es nicht, dass wir auswärts übernachten konnten, ein Historikertreffen, eine Tagung, an welcher er ein Referat hielt, seine Frau hat ihn nie begleitet. Sie interessiere sich nicht für Zeitgeschichte, hat er mir immer gesagt, nicht wie du, die du so regen Anteil nimmst an Politik und Geschichte und jede Zeile liest, die ich schreibe. Ja, nicht nur lese ich alles, ich sammle es, ich ordne es, ich lege ein Archiv an, schiebe den Koffer, nachdem ich etwas hineingelegt habe, unters Bett. Nur ich weiß davon. Später wird man mir dankbar sein. Später? Wieso schreibe ich das hin. Vielleicht wird er mich überleben. Trostlos ist mir zumute. Niemand da. Schwierig werde es nun werden, hat er gesagt. Als ob es bis jetzt leicht gewesen wäre. Zwei unbeschreibliche Tage, danach lange Trennungen, Durststrecken, Briefe, ja, und Anrufe, lange Gespräche am Telefon, dreimal lasse ich es klingeln und hänge auf, unser gegenseitig vereinbartes Zeichen, wenn wir uns etwas mitzuteilen haben. Er ruft dann an, sobald er kann. Neulich hat eine zu Besuch weilende Freundin zu mir gesagt, ekelhaft, wenn das Telefon klingelt und wenn du drangehst, wird aufgehängt, man fragt sich doch immer, was diese Person damit beabsichtigt. Plötzlich wünschte ich sie zum Teufel, diese Freundin, sie erzählte von ihrem wesentlich älteren Mann, wie er geistig abbaue und wie unerträglich der Alltag für sie werde, mit halbem Ohr hörte ich zu, weil ich immerzu dachte, er ist allein im großen Haus, sie ist in die Stadt gefahren, er wartet auf meinen Anruf. Gespräche, Briefe, ein Wiedersehn? Von nun an wird es schwierig werden, ach Gott.

*

– Gott, wie soll ich das überleben, und niemand, dem ich mich anvertrauen kann. Ein stechender Schmerz im Kopf, Tag und Nacht. Sprich mit mir, sprich mit mir, was habe ich falsch gemacht, erkläre mir doch, ich kann so nicht weiter neben dir leben. Und er: Vorbei, alles vorbei, es gibt nichts zu erklären, nichts hast du falsch gemacht, du gehörst zu mir. Und ich schreie, ich werde mich umbringen. Und er: Das wirst du nicht tun. Denk an die Kinder, an die Enkel, und ich weiß, dass er recht hat. Er macht mir morgens den Tee, er liest, er raucht, er arbeitet an einem neuen Buch, er fährt ins Zentrum in sein winziges Büro, er führt ein regelmäßiges Leben, er ist freundlich, lässt sich nichts anmerken. Nur wenn ich reden möchte, wie alles gekommen ist, wo er der Frau begegnet sei, wer sie sei – jung, schön? –, blickt er mich an, als spräche ich in einer Sprache, die er nicht versteht, er, der so eloquent ist. Schweig bitte. Zerstöre unser Leben nicht. Ich, zerstören? Unser langes gemeinsames Leben. Seine Entschlossenheit, sein Mut, den ich von Jugend an bewundere, unerschrocken, dieses „ich erschieße mich", ich glaube ihm. Romane lese ich viele, er auch, Fontane, und dann die Russen, Bunin, Gontscharow. „Wir gehören zusammen", sein Satz, immer wieder.

Wir sind jemand in dieser Stadt, haben einen anregenden Freundeskreis, ein interessantes Leben. Reich waren wir nie, die Abendkleider habe ich immer selbst genäht, auch die Vorhänge für diese hohen Fenster hier, rosa Seide, grüner Samt. Schön ist es in diesem Haus. Ich möchte nichts mehr sehen. Morgens fällt mir das Aufstehen schwer. Leicht fiel es mir nie, immer brauchte ich morgens viel Zeit. Irgendwelche Sorgen habe ich mir immer gemacht, nehme ja so viel Anteil an den Menschen. Er nicht, er ist ein Büchermensch, liebt nur wenige wirklich. Zwei drei Freunde. Die Kinder. Die Enkel. Mich. Nicht mehr. Oder doch. Das Wort Liebe bleibt wie ausgeklammert. Draußen blüht der Flieder. –

*

„Die Natur feiert." Wo steht das? Heute hat er Geburtstag. Fast immer bin ich hingereist. Habe es irgendwie eingerichtet zu kommen. Nur wenn sein Geburtstag auf einen Sonntag fiel, dann nicht, dann tags zuvor. Habe ihn immer überrascht mit einer Neuerscheinung, deren Besprechung ich in der London Times *gelesen hatte. Habe einen kleinen Fliederzweig ans Revers meiner Jacke gesteckt. Mit übertriebener Galanterie hat er seinen Duft eingeatmet. Ein Verliebter. Immer war es ihm gelungen, mich zu treffen. Eine Kollegin aus Deutschland, pflegte er mich zufällig in der Stadt angetroffenen Bekannten vorzustellen. Ein Gruß, ein Händedruck, und ja, sagte jemand, die Stadt sei es wert, besichtigt zu werden. Einen besseren Stadtführer könne ich mir nicht wünschen. Eine Kollegin aus Deutschland, nie wäre sein Wort angezweifelt worden.*

Und ich bin ja keine auffallende Schönheit. Wenn ich zu Hause in großer Entfernung von ihm in den Spiegel schaute, kam es vor, dass ich mich fragte, was er an mir findet.

Sie dagegen. Von ihr hat er mir einmal ein Bild gezeigt, ich war beeindruckt. Ein ebenmäßiges Gesicht, edel, etwas distanziert, als betrachte sie das Leben von einer Balustrade aus, so etwas habe ich irgendwo gelesen. (Sehen so diejenigen aus, die in sich eine jugendliche Seele bewahrt haben?) Müsste ich sie mit einer Blume vergleichen, wäre es am ehesten die Lilie, eine einzelne weiße Lilie in einem gepflegten Garten. Keinem Menschen käme bei meinem Anblick eine Blume in den Sinn.

Eine echte Lady, hatte ich verwundert ausgerufen, er wusste, weshalb ich das englische Wort gebrauchte, seither nennen wir sie so. Samstag heute, sein Geburtstag, „du musst nicht herkommen“, hat er gesagt, „wir werden uns nicht sehen können.“ Die Lady lässt ihn nicht aus den Augen.

*

– Ich beobachte ihn, ich traue ihm nicht mehr, „wer einmal lügt …“. Dieser unsägliche Spruch, den ich meinen Kindern zitiert habe, schrecklich. Dabei habe ich mich selbst belogen, immer dann, wenn ich unglücklich war, habe ich mir eingebildet, es sei nicht so, habe das Leid verdrängt, ihm etwas entgegengesetzt. Jetzt, jetzt blicke ich nach allen Seiten, ich finde nichts, nicht das Geringste, mein Unglück füllt die Räume aus, wären sie nur kleiner und weniger zahlreich, nicht so weit, nicht so hoch, so hell, gäbe es nur einen schmalen engen Flur und überall Platznot, und könnte ich den großen goldgerahmten Spiegel verhängen, eben steht er davor und rückt seine Krawatte zurecht, die ihm eine seiner Töchter zum Geburtstag geschenkt hat, er bewundert ihren exklusiven Geschmack, er steckt die Pfeife ein, mein Geschenk, eine Charatan diesmal, sie ist wunderbar, hat er zärtlich gesagt und mich angeblickt wie immer und beigefügt, er fahre in die Stadt. Eine mir fremde Stimme hat geantwortet, ich komme mit. –

*

Den ganzen Tag nichts von ihm gehört. Es nützt nichts, zu wissen, dass er an mich denkt, und dass ich seinen letzten Brief auswendig kenne, „wenn du wüsstest, wie du mir fehlst", kein Ersatz für Nähe, nicht mal einkaufen bin ich gegangen, habe meine Reinemachefrau angerufen, sie solle mir etwas besorgen, habe auch die Einladung einer Freundin ausgeschlagen, bin immer da gesessen, habe auf einen Anruf gewartet. Beschwört habe ich diesen schwarzen Bakelitapparat, habe darauf gestarrt, als könne er eigenständig handeln. Seine Stimme, einige Minuten lang, seine tiefe warme Stimme, sein zärtlicher Humor; mit einem seiner Sprüche, manchmal in Versform, hat er mich immer zum Lachen bringen können, es kam vor, dass ich gleichzeitig weinte und lachte, immer stand ja ein Abschied bevor, „ich fand dich erneut wunderbar jung und strahlend, wobei ich genau wie du auch schon bei der ersten Umarmung an die nahe Trennung denken muss, sie nicht mit einem carpe diem auf die Seite schieben kann" – er wollte mich nicht weinen sehen, hat es nicht ertragen, mich traurig zu wissen. Freu dich auf unser nächstes Wiedersehen. Das Wort beruhigt mich nicht. Nicht länger. Ich weiß ja nicht wann – wann?

*

– Wir sind in die Stadt gefahren, wir haben Kaffee getrunken, unter den Arkaden einige Bekannte angetroffen, kurz geschwatzt, bei anderen hat er bloß den Hut gelüftet, genickt, mir wurde freundlich zugelächelt.

Die Frau an seiner Seite, das bin ich seit vierzig Jahren, und neun Jahre früher betrat ich die Klasse, in der er zuvorderst saß, eine neue Schülerin, schüchtern, errötend, und er hat sich den ganzen Vormittag nach mir umgedreht, hat mich fixiert mit seinem grauen unbestechlichen Blick. Mittags bin ich empört nach Hause gelaufen. Im selben Jahr dann bin ich aufgestanden und habe mich zu Wort gemeldet, als er wieder einmal beschuldigt wurde, die meisten Lehrer hassten ihn – wessen beschuldigt? Ich weiß nur noch, dass ich um seine Unschuld wusste, für einmal war er's nicht gewesen, sonst ja, meistens, lieber nahm er Strafen hin als sich einer Autorität zu beugen, zeitlebens hat er dieses Unbeugsame gehabt, die ganze Familie, wir waren schließlich sechs, musste umziehen, den Wohnort wechseln, wenn er das Gefühl hatte, seine Arbeit werde nicht gebührend geschätzt, wenn Unfähige, wie er sagte, an seinen Berichterstattungen etwas aussetzten, er fühlt sich den meisten überlegen, kann sein, dass er das ist, sein Wissen ist enorm, doch ohne mich wäre er verloren gewesen, er hätte gar nicht arbeiten können, zu Hause überließ er alles mir, ich wollte es ja auch so, nur leichter, weniger anstrengend habe ich's mir gewünscht, bequem ist das Leben mit ihm nie gewesen. –

*

Ein solches Leben hätte ich mir gewünscht. Auslandsaufenthalte, Reisen, interessante Bekanntschaften und immer an der Seite einer starken Persönlichkeit, eines über die Landesgrenzen hinaus bekannten Mannes. Bewunderung, uneingeschränkte Bewunderung war, was ich empfunden habe damals, als wir uns begegnet sind. Unvergesslich, diese zwei Stunden bei Tee und Scones in der Nähe des Kaminfeuers, das Gespräch mit ihm, seine forschenden Augen.

Tags zuvor hatte er ein Referat gehalten, sich erinnert an die zwei Jahre vor dem Ausbruch des Zweiten Weltkriegs. Deutsche, Engländer, Schweizer, Franzosen und einige Russen, die ihr Land verlassen hatten, ein tschechisches Paar, Ungarn. Eine Begegnungsstätte im Süden Englands. Beide liebten wir das Land und die Sprache. Nach dem Krieg hatte ich Anglistik studiert, London war die Stadt, in der ich hätte leben wollen. Als wir anderntags über die grasbewachsenen Dünen spazierten, zählten wir abwechselnd auf, was wir in London kannten und liebten, und fragten einander, kennen Sie das und das … das auch? Und immer antworteten wir ja, klar, freilich. Weder er noch ich dachten an eine Zukunft, ein Mann, den ich nie vergessen würde, mehr nicht.

*

– Er wolle noch schnell ins Büro, habe dort etwas nachzusehen. Ich komme mit, ich werde auf dich warten, in einer Zeitung blättern – hast du's gefunden? Nein, es muss doch zu Hause sein. Nach dem Mittagessen hat er sich hingelegt wie immer, eine halbe, eine ganze Stunde, je nach Arbeit, manchmal bloß eine Viertelstunde, doch nach einer Stunde hörte ich immer noch nichts. Als ich nachsehen ging, sagte er, mir ist nicht wohl, ich bleibe noch etwas liegen, ruf mich, wenn du Tee gemacht hast. Ich habe Mühe allein zu sein, was war vor sechs Jahren oder mehr, wieso steht er nicht endlich auf, der Garten ist so schön, bald wird er im Schatten liegen. –

*

Bin den ganzen Tag nicht draußen gewesen, habe Zeit, viel zu viel Zeit, über alles nachzudenken, es nützt nichts, dieses viele Nachdenken, es führt bloß zu Fragen, sie umkreisen immer nur ihn, wie wird es ihm ergehen, wird er keinen Augenblick Ruhe mehr haben, welches Leben wird er fortan zu führen gezwungen werden, werde ich aus seinem Leben verschwinden müssen. Heute wird er nicht mehr anrufen. Unbarmherzig, die Schönheit draußen, das Licht. Mein wilder verwunschener Garten. Wozu.

*

– „Fühlst du dich besser?“ Wir sitzen in diesem rechteckigen, auf drei Seiten eingeschlossenen Garten, nur von der angrenzenden Wiese her, wo die Schafe weiden, könnte man uns sehen. Das Wort paradiesisch ist nicht übertrieben. Ich will nicht daraus vertrieben werden, mein ganzer Körper schmerzt, nein, das ist es nicht, vielmehr scheint er in Teile zerschnitten, Füße, die Mühe haben, in die Schuhe gezwängt zu werden, Beine, an denen Gewichte hängen, und mein Bauch, der wie aufgebläht ist, der Oberkörper zerteilt, Schulterblätter, die sich versteifen, und diese nutzlosen Brüste, ich habe ja nur das erste Kind gestillt und auch das nicht lange, unersättlich war mein Bedürfnis nach Schönheit, Intaktheit, woher kam das, wie er mich bewunderte, wie stolz er mich ausführte, nie musste er befürchten, ich würde mich falsch benehmen, den Hass, den er zeitlebens auf die Gewöhnlichkeit hatte, und dass ich studiert hatte, Französisch und Englisch sprach und Klavier spielen konnte und Gäste empfangen und die Bücher alle las, die er mir schenkte, zuvorderst drei Buchstaben, ich wusste, was sie bedeuteten, blaue Tinte auf dem gebrochenen Weiß, die schönen gebundenen Ausgaben, eine Geliebte, sechs Jahre lang, wie der Mann von Frau O., von Frau W., reizende Frauen, aber doch ein wenig spießig, ich will mich nicht vergleichen, bin ich nicht einmalig? Wie oft hat er es betont, nur keine Szene jetzt – war ich schwierig? In jungen Jahren vielleicht. Nur keine Szene heute, das hasst er am meisten. Als junge Frau konnte ich manchmal rasend werden, immer diese Ruhe, diese Überlegenheit, und wenn ich ein mir zugewandtes Gesicht gebraucht hätte, beruhigende Worte, jemanden, der sich meine Sorgen anhört, die Krankheiten der Kinder, die Frechheit des Dienstmädchens, das fehlende Geld, wenn ich mich irgendwie beklagte, dann verschanzte er sich hinter seiner Lektüre, wurde abweisend, unerreichbar.

Das erste Ehejahr war schrecklich. Es kam vor, dass ich abends weglief, verzweifelt, der Fluss war nahe, ich weiß auch nicht, was ich von der Ehe erwartet hatte, ich erinnere mich nicht, unaufhörliche Zärtlichkeit vielleicht, Weichheit, Wärme, was war es denn, ich kannte ihn ja, seine Disziplin, seinen Arbeitseifer, seine Starrheit auch, um nichts in der Welt hätte ich einen Schwächling gewählt, kannte junge Aristokraten mit untadeligen Manieren und weichem ältlichem Charme, einer bewohnte ein Schloss, verwaltete das Vermögen, sonst nichts, auf Händen getragen werden, nein, manchmal wär's aber doch schön gewesen, und dann verglich ich ihn mit dem Mann meiner Schwester, diesem hochgewachsenen feinen Menschen mit seinen langen weißen Händen und dem kostbaren Ring, das ertrug er nicht, verglichen zu werden mit dem, wie er verachtungsvoll sagte, Bürgersöhnchen, Angsthasen, Antisemiten, und geizig noch dazu, er kann ihn nicht ausstehn, und meine Schwester ist meine beste Freundin, meine engste Vertraute.

Wir rufen uns jeden Tag an, meistens sehen wir uns auch noch. Eben hat er mir gesagt, ich möchte nicht, dass du mit deiner Schwester über uns sprichst. –

*

Traum

Ihr träumte, in einem sehr großen, auf einer Anhöhe gelegenen Haus wohnen die reichen Verwandten und das Paar mit seinen Kindern. Sie leben im Erdgeschoss, während die beiden oberen Etagen von den Verwandten bewohnt sind. Eine große Einladung steht bevor. Ein junger Mann wird seine Braut vorstellen. Viele Gäste werden erwartet. Eine prunkvolle Tafel ist gedeckt, Diener eilen hin und her. Im Wohnzimmer sitzt das Paar nebeneinander auf dem Sofa. Der Mann trägt einen schwarzen Anzug, die Frau ein dunkles Seidenkleid. Sie warten darauf, eingeladen zu werden, nahezu sicher, dass bald die reiche Schwester eintreten und sie nach oben geleiten wird. Bereits treffen die ersten Gäste ein. Niemand erscheint. Immer mehr Gäste kommen die Auffahrt hinauf. Immer noch nichts. Oben hört man Stühle rücken, das Essen scheint seinen Anfang zu nehmen. Unten sitzt das Paar und wird von Minute zu Minute niedergeschlagener. Die Frau und der Mann begreifen, dass das festliche Mahl ohne sie stattfinden wird. Traurig sitzen sie, zwei dunkle Gestalten, und lauschen den Geräuschen über ihnen. Langsam fallen sie in sich zusammen. Die armen Verwandten.

(Die sie in Wirklichkeit lange Zeit waren.)

*

Manchmal hat er sich bitter beklagt. Immer diese Verwandten. Ostern, Weihnachten, Pfingsten, an den meisten Geburtstagen, und sonst das Jahr hindurch, wenn sie ihre Einladungen machten mit all diesen degenerierten Langweilern und immer auf der falschen Seite, „jetzt endlich können wir nach Griechenland fahren“, solches musste er sich anhören, nach dem Putsch war das, der Reichtum, die kostbare Einrichtung, das Studium der Aktienkurse und gleichzeitig diese philosophisch-religiösen Bücher überall, schauderhaft, wenn du wüsstest, mir bleibt keine Wahl, sie liebt, sagte er einmal, ihre Schwester vermutlich mehr als mich.

*

Traum

Sie steht an einem idyllischen See. Nicht weit vom Ufer entfernt baden die Mutter und deren Schwester. Sie sind nackt und halten sich eng umschlungen. Ihre weißen Körper schimmern unter der Wasseroberfläche. Über dem Wasser fließen die langen Haare, die blonden der Schwester, die dunklen ihrer Mutter. Sie blicken sie an, schmeichelnd, einladend. Sie wendet sich ab, erschrocken und erfüllt mit Abscheu. Hinter hohen Bäumen erblickt sie eine männliche Gestalt, in der sie den Vater vermutet. Einsam schreitet er hin und her, in Gedanken versunken. Sie steht verloren zwischen dem Ufer und den hohen Bäumen.

*

– Wie ich mich sehne nach einem vertrauten Menschen, nach meiner Schwester, und gleichzeitig kommen mir Zweifel, ob sie sich eignet für diese Art von Vertraulichkeit, ob angesichts dieser tausendfach sich täglich wiederholenden Tatsache eines Ehebetrugs ihrem zerschmelzenden Mitgefühl nicht auch Hass beigemischt wäre, Hass auf ihn, den zu lieben ich nicht aufgehört habe, Hass auf den Mann, auf das Primitive, das sie bei fast jedem von ihnen zu erkennen glaubt, das Handgelenk, hat sie einmal gesagt, schau auf das Handgelenk, und dann hat sie noch irgendwelche Theorien über die Augenbrauen und die Ohrläppchen, keine Primitivität, nirgends, im Gesicht meines Mannes, nichts zu beanstanden an den Handgelenken, und der Mund, diese rote unersättliche Qualle – wie haben wir gelacht, wenn sie herzog über einen der Männer, dem sie begegnet war, nein, auch sein Mund hat nichts von dem, was bei ihr immer Abscheu zu erregen schien, sein Mund gleicht immer noch demjenigen des Schülers, der noch nie geküsst hat. Auch mein eigener Mund sieht nicht aus, als sei er eins geworden mit seinem jahrzehntelang (ich habe Rodins Plastik gesehen, war ergriffen davon), die Kinder alle, dazu die Fehlgeburten, die Nächte in Hotels, auf Reisen, die Sommertage – unser letztes Kind wurde auf einer trockenen gemähten Wiese gezeugt. Wieso sieht unser Mund so aus, als wüsste er nicht Bescheid? Anders der Mund meiner Schwester, eine Frucht, koste mich, du wirst es nicht bereuen. Auf dem Markt heute habe ich die ersten Erdbeeren gesehen. Die schönste Zeit des Jahres. –

*

Einmal trafen wir in der Stadt eine auffällig gekleidete Frau an. Sie trug einen offenen leichten grauen Pelzmantel, darunter ein weit ausgeschnittenes Kleid mit einer langen Perlenschnur, sie war strohblond und hellhäutig, nicht mehr jung, einige drehten sich nach ihr um, es war Vormittag, Markttag, und die Frauen trugen Körbe und Tragtaschen, auch sie trug am Arm einen Korb wie jede andere, das war aber auch das Einzige, das sie mit den andern gemeinsam hatte, als sei sie noch nie auf dem Markt gewesen, als habe sie zu Hause Bedienstete und mische sich aus Vergnügen unters Volk, um mit einigen Eiern und ein wenig Frühlingssalat, ja, der Winter war längst vorbei, nach Hause zu kehren. Nicht weit von ihrer Haustür entfernt würde sie an einem Blumenstand Mimosen entdecken, die ersten Mimosen von der Côte d'Azur, und so haben wir sie angetroffen, hellblond, mit diesem Mimosenstrauß im einen Arm, und er hat ihr ein Kompliment gemacht und sie hat ihn auf beide Wangen geküsst und gesagt „Grüße meine Schwester", und mich, mich hat sie angeschaut mit Gleichgültigkeit. Ein Name, der ihr nichts sagte, kein klangvoller, keiner, den man kennen muss, ohne von und zu, keiner, der im Gedächtnis an Bekanntes anklingt. Ein Name, den man vergessen kann. Ich war erleichtert.

„Du kennst aber schöne Frauen", habe ich nach einigen Metern zu ihm gesagt. – „Das war sie doch, die Schwester." – „Sieht die Lady ihr ähnlich?" – „Nein."

*

– Ein Jahr – länger? Da sagte meine Schwester, neulich habe ich deinen Mann angetroffen. In Begleitung. Er nannte einen Namen, sagte, eine Kollegin aus Deutschland. Er zeige ihr die Stadt. Sagte sie etwas von „Arm in Arm" oder von „einer gewissen Vertrautheit"? Ich glaube nicht, erinnere mich nicht mehr. Hätte er etwas zu verstecken gehabt, wäre er kaum durch die alte, wenig begangene Gasse geschlendert, in der meine Schwester wohnt, in diesem hohen Haus mit den riesigen Räumen und den Terrassengärten zum Fluss hinunter. Traumhaft, dieser Blick. Ich habe nicht weiter nachgefragt, er kennt so viele Leute. Plötzlich bin ich mir gewiss. Das war sie, die Andere. Unerträglich, diese Gewissheit. Ein nicht zu ertragender Schmerz. Weg, nur weg, weit weg. Und dann diese drei Wörter, dieser unsägliche Satz, wie ein dickes Seil, das mich umwickelt, mich fesselt, mir die Freiheit raubt. –

*

„Ich erschieße mich." (Welcher der großen behaglichen Räume hat diesen Satz vernommen? In welchen Stoffen hat er sich verfangen?) Und nicht: Ich bringe mich um. Sodass sie sich hätte überlegen können, wie, auf welche Weise und ob er's tun würde, solange die Bedrohung etwas Vages enthielt, ein noch zu Bestimmendes, Ungewisses. Als Träumer war er ihr nie vorgekommen, Fantasie war nicht seine Sache. Sie allein besaß die Fähigkeit, Gedanken schweifen zu lassen. Unnütze, hätte er gesagt. Bei ihm folgte dem Gedanken die Tat. Ich erschieße mich. Seine gewohnte Entschlusskraft. Sie hatte sie bewundert von Anfang an. Auch jetzt mischte sich in ihre Angst Bewunderung. Schluss machen, minutenschnell. Das hätte ihm ähnlich gesehen. Sie glaubte ihm. Immer hatte sie ihm geglaubt. Von Anfang an. Und dieser Anfang lag weit zurück.

Sowie das Mädchen ins Klassenzimmer trat, wusste er: sie und keine andere. Eine Frechheit, wie er, in der vordersten Bankreihe sitzend und sich weder um den Schulstoff noch um den Lehrer kümmernd, eine volle Schulstunde lang sich nach ihr umdreht, um sie anzuschauen. „Fixiert hat er mich", die zuhinterst saß und sich am liebsten unsichtbar gemacht hätte. So schüchtern war sie damals, als sie von der Lateinschule für Mädchen ins Gymnasium hinüberwechselte. „Lümmel, frecher, unbeirrbarer." Sie errötet über ihrer Tasse mit heißer Schokolade, dasselbe Erröten wie vor achzig Jahren, eines, das sich zusammensetzt aus schamhaftem Stolz über diese allererste Begegnung und aus schamhaftem Mut, in ihrem hohen Alter in so direkten Wörtern darüber zu sprechen. Das gleiche Erröten, doch nicht der gleiche Blick wie damals. Ein ganzes Leben ablesbar an seinem jeweiligen Ausdruck. Die vier Geburten der Kinder. Und zuletzt, acht Jahre vor der Geburt des jüngsten Enkels, der Brief. Der unsägliche Brief. Zäsuren, sichtbar in den Augen. Wo sonst. Die Körperhaltung, ja. Die hat auch zu tun mit den Jahren, mit den Gewichten, die in Form von Taschen und Körben an den Armen hingen, mit den Beinen, die schwer wurden. Mit dem Rücken, der sich etwas gekrümmt hat, was auch den Nacken abwärts beugt.

„Ich erschieße mich." Eine klare Aussage. Sie selbst hatte mit klaren Gedanken zeitlebens Mühe gehabt. Und jetzt mehr als je zuvor. Wo der Felsen, für den sie ihn gehalten hatte, unerschütterlich in der Landschaft stehend, zerbröckelt war, ein riesiger Haufen durcheinandergeratener Gesteinsbrocken, nie gesehene Äderungen und Farben hervorkehrend. Hat den vertrauten Anblick ihres eigenen Lebens verändert bis zur Unkenntlichkeit, das Dröhnen des Felssturzes widerhallt als pausenloses Echo in ihrem Kopf, der herbeigesehnte Todesengel ist anderweitig beschäftigt. – Ein Tag wie jeder andere, insofern ein Tag je einem anderen gleicht und nicht bei näherem Hinsehen als ein einmaliger begriffen wird im Augenblick der Minuten später Vergangenheit gewordenen Gegenwart oder rückblickend. Zurückblickend. Auf die Filmsequenz, die von nun an auf riesengroßer Leinwand vor ihren Augen erscheint, die sie nicht wegzudenken vermag. Höchstens kann sie sie herunterreißen, für die andern unsichtbar machen, die nicht hingeschaut, nichts gesehen haben, wie sie denkt. Umso greller wird der zusammengerollte zerknitterte Zelluloidstreifen in ihrem Innern leuchten in tiefster Dunkelheit.

Ein Tag wie ein anderer, insofern sie morgens als Erstes die Flügeltüre zum Garten hin geöffnet hatte und die drei Stufen hinuntergeschritten war, jetzt auf dem schmalen Kiesstreifen stand, der um den rechteckigen Rasen herumführte, in der noch kühlen Morgenluft der ersten Junitage den Stoffgürtel des geblümten Morgenrocks enger band und kurz bereute, die mit Lammfell gefütterten Pantoffeln gegen die leichteren, aus rosa Garn gestrickten mit der biegsamen Sohle eingetauscht zu haben. Der Anblick der Rosen ließ sie alles vergessen. Nicht nur das Frösteln und dass sie ihren Mann bitten müsste, Holz heraufzuholen für ein abendliches Kaminfeuer, und dass sie neunuhrvierzig das Postauto nehmen würde zur nahen Bahnstation, um von dort in die Stadt zu fahren. Die Rosen blickten ihr mit genau den Farbtönen von weiß bis dunkelrot entgegen, wie sie es vorausgeschaut hatte. Keine hatte sich ihr verweigert. Sie dankten ihr das morgendliche Zwiegespräch der letzten Monate. Kein Tag des Spätherbstes, des langen Winters verging, ohne dass sie sich bückte zu Pflanzen, hinunterneigte zur gefrorenen Erde, um besonders lange bei den Rosenstöcken zu verweilen, lautlos das Wort an zukünftigen

Duft, an Blütenblätter richtete. Neben den Rosen der Lavendel, der Phlox, die Lupinen, die Levkojen. Sie machte noch vor dem Frühstück ihren Rundgang auf dem schmalen Kiesweg bis zu den Büschen, die den Rasen abgrenzten und als dichte Hecke den Garten abschirmten, und wieder zurück zur Flügeltüre und in die andere Richtung bis zum Lorbeer, dem Rhododendron, dem Efeu. Hier war eine halbhohe Mauer, jenseits grasten Schafe. Und plötzlich seine Stimme, wie jeden Morgen, die ruft, der Tee sei bereit.

*

Im französischen Buch *Une vie discrète* ist auf Seite 64 eine Szene beschrieben, die sie an ein anderes Leben erinnert. In einem Landhaus in der Touraine stehen sich Vater und Tochter im Schlafzimmer der Eltern gegenüber. Sie ist gekommen, ihm gute Nacht zu sagen. Im angrenzenden, durch eine Tapetentür erreichbaren Badezimmer pflegt die Mutter ihre gealterte Haut und zieht die Kämme aus den tagsüber hochgesteckten Haaren, die ihr nun in ausgedünnten Strähnen auf den Kragen des rosafarbenen Nachthemds fallen. Der Vater steht vor den zugezogenen blauen Samtvorhängen, die bis zum Parkettboden reichen. Er will bald zu Bett gehen und wartet mit dem Auskleiden. Irgendetwas will er loswerden. Der Bettüberwurf aus demselben Samt wie die Vorhänge und eierschalenfarben gefüttert hängt bereits auf der Lehne eines der drei Stühle aus der Epoche von Louis XVI. Er zündet seine Nachttischlampe an, der weiße Alabasterschirm leuchtet sanft. Neben dem goldfarbenen Wecker liegt ein 700-seitiges Memoirenwerk, auf dem Nachttisch der Mutter *Das Leben der Jeanne d'Arc*.

Vater und Tochter stehen sich gegenüber. Sie ist eine Woche zu Besuch gewesen, es ist der Abend vor ihrer Abreise. Hat der Vater gehofft, sie würde sich ihm anvertrauen. Von einer Liebschaft erzählen, von einem Freund, für den er nur Verachtung übrig hätte. Er scheint zu zögern, schreitet einmal quer durch den Raum und bleibt in einiger Distanz vor ihr stehen. Wegblickend sagt er unvermittelt, weshalb bist du nicht transparent. Und du?, gibt sie zurück. Leichthin, scherzhaft. Stattdessen sein messerscharfer Blick, als ob hinter den Pupillen zwei Klingen geschliffen würden. Sie erschrickt. Transparenz. Wünscht er ihren Körper aus Glas, die Blutgefäße der Seele zu besichtigen wie in den geliebten Museen die Exponate, beschriftet, datiert, 5. November 1968, abendliche Tischrunde im Kaffeehaus aus der

Jahrhundertwende, der Blickkontakt, das Pingpongspiel der Wörter über die halbgeleerten Gläser hinweg, und anderntags die wiegende Fahrt nach Paris, zwischen Hintern und Asphalt unsanfte Stöße, das Durchfahren der Vororte im Dunkeln, die Zunahme der Lichter, die Scheinwerfer auf den historischen Gebäuden und zuletzt das Einbiegen in eine schmale, kaum beleuchtete Sackgasse im Zentrum der Stadt. Hotel, namenlos. Eine steile Treppe hoch zu einem nicht abgeschlossenen Zimmer. Eine durchhängende Matratze. Eine Liebesnacht. Mit wem? Das möchte er wissen und nicht wissen. Möchte es mitansehen und sich voller Abscheu abwenden. Gelesen hat er genug und auch erlebt.

Was ihn stört, was ihm als Dorn das Auge zerkratzt, ist, dass er in diesem Stück keine Rolle bekommen hat. Dass es die Tochter ohne ihn macht, was es auch immer sei. Dass er in diesem Leben draußen bleibt. Wie ein Hund, der warten muss, bis er zum Napf hingeführt wird oder ein Biskuit zu schnappen kriegt.

Erlesen sind seine Geschenke an die Tochter. Mohair, Shetland Wool, Seide. Sie legt alles weg, streift es nur in Gedanken. Geduld ist angesagt, jahrelange.

Im Roman verlässt die Tochter den Raum und schlägt die Türe zu. Sie geht aus dem Haus und macht einen nächtlichen Spaziergang. Als sie eine Sternschnuppe vorüberfliegen sieht, vergisst sie den Wunsch, den sie seit Anfang August bereithält. Es ist der 10. des Monats. Die andere Tochter ist mit einem Buch zu Bett gegangen und erst gegen Morgen eingeschlafen. Verfolgt von jenem eisgrauen Blick.

*

Traum

Der Vater sollte nach Hause kommen. Er ist mit dem Auto unterwegs. Es wird Abend. Immer noch wartet die Familie auf ihn. Langsam bricht die Nacht herein. Etwas muss ihm zugestoßen sein. Er muss einen Unfall gehabt haben. Die ganze Nacht kein Lebenszeichen. Am frühen Morgen, es ist noch dunkel, begibt sich die Tochter auf die nahe Bahnstation. Sie besteht aus einem winzigen Bahnwärterhaus mit einer Bank davor. Dort sitzt zusammengekauert eine schwarz verhüllte Gestalt. Man sieht von ihr nur riesige dunkle Augenhöhlen. Wer ist es? Ist es der Tod, der gekommen ist, um zu sagen, dass der Vater verunglückt ist?

(Er hatte nach dem Umzug aufs Land davon gesprochen, sich ein Auto anschaffen zu wollen.)

*

Längst lebt das Paar nicht mehr in diesem alten weiträumigen Haus, geht der Mann keiner Berufsarbeit mehr nach, hat sein kleines Büro in der Stadt aufgegeben. Das Aufrechterhalten eines Doppellebens ist schwierig geworden. Endlich hat sie angerufen, hat den Zettel hervorgenommen, die Nummer gewählt mit den Vorwahlziffern für Deutschland, hat lange läuten lassen. Kurz vor dem Hinlegen des Hörers eine helle atemlose Stimme: „Ja?" Endlich, sagt die Stimme, ich warte schon lange, ich wusste von ihm, dass Sie mich eines Tages anrufen würden. Sie sei außer Atem, sei die Treppe hochgerannt, sei zuvor im Garten gesessen, habe in einem seiner Briefe gelesen, „Du bist die große Spätliebe meines Lebens, die unendlich zartfühlende, im richtigen Zeitpunkt leidenschaftliche, die weise, fürsorgliche und wunderbar empfindsame, reife und doch so junge Frau. Ich segne die Konstellation, die mir Dich geschenkt hat, an Dir und mit Dir bin ich wieder ein kräftiger Mann geworden …", einem kleinen verwunschenen verwilderten Garten, sie wird ihn kennenlernen, in ihm sitzen, während er nie dort gewesen ist, nie ihre Wohnung in einem ehemaligen Klostergebäude betreten hat, ihr Zuhause nicht kennt, nie einen Blick geworfen hat auf ihre Bücher, viertausend an der Zahl. Die Frau redet und redet, endlich hört ihr jemand zu, sie weiß alles von der viel Jüngeren, kennt Einzelheiten ihres Lebens aus seinen Erzählungen, seinen Briefen, zu Hunderten hin und her, hat an allem teilgenommen aus der Ferne.

Ein Leben gelebt an seiner Seite, unsichtbar, immer gegenwärtig, und gewartet auf einen Anruf, sei zu Hause gesessen, habe gewartet und gewartet, und wenn der Anruf kam, er werde übermorgen zwischen vierzehn und fünfzehn Uhr zum Arzt gehen, allein, sei sie anderntags in den Zug gestiegen, sei sieben Stunden gefahren, um ihn zu begleiten in einem Taxi, zu Fuß, und danach eine Tasse Kaffee zu trinken und nach einem erneuten Abschied sieben Stunden zurück im Zug, angstvoll und unsicher, ob es je zu einem Wiedersehen käme. Seit Jahren. Welch ein Leben. O nein, sie sieht es anders, sie beklagt sich nicht, sie liebt und weiß sich geliebt, das genügt ihr. An jenem Montag Ende Mai, zwei Tage vor seinem Geburtstag, habe er angerufen und einen Arztbesuch angekündigt. Er hoffe, sie zu sehen, „ich rechne mit dir". Frühmorgens habe sie den Zug bestiegen, er dagegen sei in der Nacht schmerzgekrümmt und schlaflos gelegen und anderntags habe sich sein Darm entleert, habe sein Körper ausgedrückt, was in seinem Innern sich abspielte. An einer vereinbarten Kreuzung habe sie gewartet und sei zugestiegen ins Taxi und habe ihn dort vorgefunden, geschwächt, hilflos und dem Greisenalter ausgeliefert wie nie zuvor. Er habe ihre Hand ergriffen und in der seinen gehalten und sie habe gewünscht, der Augenblick würde ewig dauern. Stattdessen habe das Taxi kurz darauf vor einem grauen vierstöckigen Reihenhaus angehalten, wo der Arzt seine Praxis habe, und auf sie gestützt habe der alte Mann mühsam die Praxis erreicht im zweiten Stock, sei vom Arzt begrüßt worden, der ihm Bettruhe verschrieben habe und Diät und sich im Übrigen nicht gewundert habe über die fremde Begleitung, die Frau, die er nie gesehen hatte, von der er nichts wusste, denn es gehört zu seinem Beruf, Geheimnisse mitanzusehen, mitanzuhören in sachlicher Anteilnahme und ohne sich überrascht zu zeigen. Währenddessen habe das Taxi gewartet und sie seien wieder eingestiegen und sie habe ihn nach Hause begleitet, wobei er wieder ihre Hand in der seinen gehalten habe.

Sie sei nicht gleichentags wieder in den Zug gestiegen, sei vielmehr in ein Außenquartier der Stadt gefahren, wo sie eine kleine Einzimmerwohnung gemietet habe seit Jahren, nur mit dem Notwendigsten versehen, und dort habe sie gewartet – worauf? Habe sich erinnert, wie sie früher, vor Jahren, auf zwei Kochplatten ein Mittagessen zubereitet habe, pünktlich um 13 Uhr sei er jeweils erschienen – „ich besuche deine Studentenbude“ –, gemeinsam an einem zur Wand geschobenen Tisch hätten sie gegessen, gelacht, sich besorgt gezeigt über einen Zeitungsartikel, und sich immer wieder in die Augen gesehen, freudig, wehmütig, verliebt.

In der Nacht sei sie wiederholt aufgewacht, angstvoll, um danach wieder in leichten Schlaf zu fallen, unruhig zu träumen, und in einem der Träume sei der Fluss erschienen mit seinem schilfbewachsenen Ufer, an dem sie einst gegangen waren zu zweit, und mit diesem schönen Bild vor Augen sei sie in den frühen Morgenstunden nochmals eingeschlafen, und jetzt sei Mittwoch gewesen, der Tag seines Geburtstags, sie sei in ihrer Absteige gesessen, einen endlosen Tag zu begehen ohne ein Lebenszeichen von ihm, in der gleichen Stadt und Kontinente entfernt. Und nie zu wissen, ob sie ihn jemals wiedersähe.

Sie redet und redet und endlich hört ihr jemand zu und nimmt Anteil an ihrem Dasein abseits, verborgen, gleichzeitig ein Mittelpunkt, um den seine Gedanken kreisen, wenn er schweigt, wenn er den abweisenden verschlossenen Blick hat, seine übermächtige Sehnsucht verbergen muss, „... eigentlich möchte ich täglich neben Dir erwachen und mit Dir in leichtem Gewande frühstücken und noch manches andere ...“.

*

Traum

In einem verwinkelten Garten spaziert ein Paar. Es ist Sommer. Das Paar schlendert Arm in Arm dahin, bleibt immer wieder stehen, um sich zu umarmen. Die Frau trägt Weiß, der Mann ebenfalls etwas Helles. Plötzlich verdunkelt sich der Himmel. Ein heftiger Wind kommt auf. In den hohen alten Bäumen rauscht es mächtig. Es knarrt und ächzt im Holz. Das leichte weiße Kleid der Frau bauscht sich auf. Während sie wiederum stehen bleiben, um sich zu küssen, kracht unmittelbar vor ihren Füßen ein großer Ast zu Boden. Das Paar verstummt, wendet sich um und rennt den Weg zurück, an dessen Ende ein offenes Gartenhaus steht. Kaum sind sie darin verschwunden, hört man eine Frauenstimme, die laut und flehentlich nach dem Mann ruft. Sie lässt sich durch den aufkommenden Sturm nicht davon abhalten, durch den Garten zu irren.

*

Wer wünschte sich nicht Versöhnlichkeit mit dem scheinbar Unversöhnlichen, wer wünschte sich nicht, ohne sein Dazutun zu erleben, dass Gegensätze und Fremdheiten aufgehoben würden zugunsten von Menschlichkeit und Zuneigung, welcher alte, uralte Mann wäre nicht glücklich zu erleben, wie das Verborgene ans Tageslicht treten darf, wie das Geheimgehaltene sich zeigen darf unter einem hellen Himmel, wie zwei Frauen unterschiedlichen Alters sich begegnen, von denen er glaubte, sie voneinander fernhalten, der einen das Dasein der anderen verschweigen zu müssen, obwohl beide ihm nahestehen, sodass sein Leben von der Gewissheit begleitet sein wird, dass nach seinem Tod seine Liebe weiterlebt in Erinnerungen, in Gesprächen, in der Kommunikation der beiden Frauen miteinander. Das ist schön, soll er gesagt haben, das ist schön. Die Frauen haben sich auf Fotos gesehen, sie sind gespannt, sind neugierig, unvoreingenommen.

Sie treffen sich im unterirdischen Teil eines Bahnhofs, an genau demselben Ort, wo früher der Mann gestanden ist, wenn er eines seiner Kinder abgeholt hat und später eines seiner Enkelkinder, es ist ein unübersehbarer Ort, wo man sich nicht verpassen kann, wo der eine den anderen sieht von Weitem, heute die Jüngere die Ältere, von Weitem schon, einige Minuten lang. Die Frau im dunkelblauen Mantel, einen Filzhut auf dem Kopf, dessen nach oben gebogene Krempe das Gesicht freilässt, ein noch jugendliches, hellhäutiges, hübsches Gesicht, und beim Näherkommen sieht sie den Blick hinter den blaugrün eingefassten Brillengläsern und jetzt, ganz aus der Nähe, die schönen, strahlenden Augen. Sie gehen aufeinander zu, haben sich sogleich erkannt. Sie bewegen sich dem Ausgang der Bahnhofshalle zu, sie wählen ein Café, in dem sie oft mit ihm gesessen ist. Fragen solle sie stellen, sagt die Ältere zu der Jüngeren. Sie werde auf alles antworten, so gut sie es vermöge. Sie hält nichts von Geheimnistuerei, will nichts verbergen, will ans Tageslicht holen, worüber sie kaum je gesprochen hat.

Die Anfänge, die allererste Begegnung, der Augenblick, in dem der Funke übersprang? Da sei ganz zuerst Bewunderung gewesen für diesen gebildeten, besonnenen, ernsten Mann und dann, bei gemeinsamen Ausflügen und ein andermal bei einem langen Spaziergang über die grasbewachsenen Hügel, bis sie in einiger Entfernung das Meer erblickten, sei Nähe aufgekommen, Übereinstimmung. Das Lächeln in seinen grauen, auf weidende Schafe blickenden Augen, als sie ihm begeistert von ihrem Lieblingsbuch erzählt. Es ist auch seines. Die ersten persönlichen Gespräche. Sie zeigt ein Bild von damals, wie sie neben ihm sitzt, dunkelhaarig, im schlichten schwarzen Kleid mit rundem Halsausschnitt, wie ihre Köpfe zueinander geneigt sind, wie sie ein Gespräch führen. Und damit nie aufgehört haben. Seit zweiunddreißig Jahren. Ein so großes gegenseitiges Verständnis, eine so große Nähe – er habe nicht gewusst, dass es solche Nähe gebe zwischen zwei Menschen, eine so große Vertrautheit. Er habe es nicht für möglich gehalten, dass ein Mann und eine Frau sich so nahe sein können. Er habe nicht gewusst, was Zärtlichkeit sei, alles umfassende Zärtlichkeit. Wie eine Welle habe es ihn erfasst, eine Welle einhüllender Nähe und Zärtlichkeit. Ihm sei bewusst geworden, wie einsam er gewesen war.

*

Der Park und das Schloss, wo sie sich kennenlernten. Die verschlungenen Wege, die alten Bäume. In der Nähe die Heide, die Dünen und das alte Städtchen mit den Riegelbauten. In diesen weitläufigen wilden Park fuhren die Novemberstürme, entwurzelten Bäume, legten sie quer, das Unterholz war dicht bewachsen, bis zu den Hüften reichten Farnkraut, Pestwurz und Tollkirsche. Zuhinterst lag grau und langgezogen das Schloss mit seinen zahlreichen Kaminen, seinen Fensterreihen, seiner vornehmen Ebenmäßigkeit. Hier trafen sich nach dem Krieg Persönlichkeiten deutscher und englischer Nationalität, eine Art Hochschule des politischen und kulturellen Austausches, um die Feindschaft nicht aufrechtzuerhalten, um sich zu verständigen als Menschen, als Träger der Kultur, um zu verhindern, dass es wieder zum Krieg käme, um Verständnis zu üben und Verständigung.

Die dunkle Bibliothek mit den grünbeschirmten Leselampen und dem tiefen Schweigen. Der große Aufenthaltsraum mit den weichen, um runde Tische angeordneten Sesseln, den schweren Samtvorhängen, den Ölbildern englischer Landschaften und einem abends hellen, tagsüber glimmenden Kaminfeuer. Sie hat am Vorabend seinen Vortrag gehört. Beim Tee wird sie ihn fragen, darf ich? Setzt sich zum Lesenden und sagt, wie sehr sie sein Wissen bewundere. Zehn Tage lang unterhalten sie sich täglich. Er soll sie ausgefragt haben, über ihre Arbeit im Verlag, über das Leben in D., über ihre katholische Kindheit und Jugend, ihre Ausbildung in München, ihr Studium der Anglistik, über ihre kurze Ehe mit einem an der Front Gefallenen, über das Kind, das nur einen Tag überlebt hat. Sie hat nichts zu verschweigen. Er auch nicht. Eine große Familie, längst erwachsene Kinder, eine über dreißigjährige Ehe, ein erfülltes Leben. Er bezeichnet sich als glücklich. Später wird er sagen, ich war unglaublich einsam. Später. Damals trennten sie sich, um sich nie wiederzusehen.

Nach einigen Monaten hat er geschrieben. Er konnte und wollte nicht mehr auf diese Nähe, diese Vertrautheit, diese Liebe verzichten. Sechs Jahre lang fühlten sie sich vollkommen frei. Politische Tagungen, Historikertreffen, er fährt oft allein weg. Seine Frau hat keinen Grund, Verdacht zu schöpfen. Seit sie, 16-jährig, ein schönes, edel aussehendes Mädchen, eine klassisch zu nennende Schönheit, in die neue Klasse trat, hatte er hartnäckig um sie geworben. In der ersten Schulstunde damals hatte er unentwegt nach hinten geblickt, sie fixiert mit seinen graublauen Augen. Eine frühe Ehe, lange Aufenthalte im Ausland, eine große Familie. Er hatte dem Bild von sich entsprochen bis in die Einzelheiten. Die Rötelzeichnung des Zehnjährigen, senkrechte Stirn, gerade Nase, ausgeprägtes Kinn, zeigt keine Spur von Unentschlossenheit, von kindhaft Rundlichem, vom verspielten verträumten Zustand eines Heranwachsenden, ein verkleinerter Männerkopf, kurzgeschoren, ohne Zögern und Zaudern in die Zukunft blickend, unerschrocken und mutig. So kennt sie ihn, hält ihn für einen Felsen. Wundert sich auch nicht, dass russische Romane seine Lieblingslektüre sind und Chopin seine Lieblingsmusik.

Und dann dieses Einbrechen aller Gewissheiten, der Stolz, der aus den Augen seiner Frau verschwindet, einem hilflosen, unsicheren, zuweilen flehentlichen Ausdruck weicht, den Schwindel begleitet, den sich einnistenden Schmerz. Das fortschreitende Alter hat den Rücken gebeugt, den Brustkorb einfallen lassen, den Bauch nach vorne geschoben und der ganzen Gestalt etwas Erbarmungswürdiges verliehen. Ihr früheres Mitgefühl für Menschen und Geschehnisse schien einer verwirrten Passivität gewichen zu sein, die an sich selbst erfahrene Erschütterung war gegen außen unsichtbar eingemauert in ihrem Innern, wo niemand hinsah, wo sie verborgen war und als hämmernder Schmerz sich äußerte, kaum schlug sie die Augen auf, erwachte aus einem erlösenden Traum. Kaum wurde sie gestreift von seinem lieblosen abweisenden Blick. Nie eine Erklärung, nie ein Gespräch. Er wollte nichts preisgeben. Stattdessen schrieb er sein Leben auf, damit ihm geglaubt werde, ein Beitrag zur Zeitgeschichte. Die eigene Geschichte erscheint darin nicht. Aufwühlend und verwirrend und in keiner Weise dem Bild entsprechend, das das einstige Kind in sich geformt hat zu einer Zeit, da andere zwischen Schlaf und Traum, zwischen Spiel und Ernst, zwischen Übermut und Trauer hin- und herschwanken und noch lange unentschlossen zwischen Tatendrang und Lustlosigkeit sich bewegen auf dem brüchig gewordenen Boden der Kindheit und der unerreichbaren Ebene, auf der die Erwachsenen leichtfüßig umherzugehen scheinen. Das Bild von sich. Es weicht einem anderen, es weicht dem Bild, das die Frau im dunkelblauen Mantel, zunächst im Kaffeehaus, später in ihrer kleinen Einzimmerwohnung, von ihm entwirft in allen Einzelheiten, einem zärtlichen, weichen, verständnisvollen Menschen. Sodass sie eine tiefe Trauer erfasst, keinen solchen Vater gekannt zu haben, sondern einen ihr Leben unerbittlich ablehnenden, ihre Freunde verächtlich als Hungerleider bezeichnenden, ihren Freiheitssinn nicht verstehenden. Viel später erst ist Nähe zustandegekommen und Verständigung, über den Weg der Bücher, des Schreibens, und vermutlich unter dem Einfluss dieser Frau, die ihr gegenübersitzt, von ihm erzählt und von ihrem Treffen in dieser kleinen Wohnung, wo sie für ihn kochte, wo sie aßen, Gespräche führten und sich liebten. Sie hat den Hut abgelegt, nun sieht sie ihre hohe Stirn, die kleine Nase, den schönen Mund. Das wie von einem Licht erhellte, alterslose Gesicht. Sie, die Tochter, versteht den Mann, sie wird es ihm sagen, sie wünschte, er hätte mit dieser Frau ein neues Leben begonnen, manchmal malten sie es sich aus, wie sie nach England gezogen wären, wie sie in einem kleinen Cottage gelebt hätten, sie hätte es den Liebenden gegönnt, hätte es verstanden, wäre darüber glücklich gewesen. Warum hat er nicht den Mut gehabt.

*

Ein Jahr vor seinem Tod werden Vater und Tochter ein Gespräch führen. Unerträglich war ihr der Gedanke, er könnte sterben, ohne dass sie ihre Fragen hätte stellen dürfen, und was sie hörte, waren seine ausweichenden, nichtssagenden Antworten und das immer wiederkehrende Wort „Diskretion“. Gepolsterte Wände und Türen, nichts, das nach außen dringt. Er bereut nur das Einzige, dass die Diskretion nicht gewahrt werden konnte.

*

Ein diskretes Leben. Leises zurückhaltendes Auftreten. Einsamkeit vielleicht. Gegen außen lautlos, unspektakulär, auch rätselhaft. Ein privates Leben, von dem nichts nach außen dringt. Sich jeder Neugierde verschließt. Still, ruhig, beinahe unbemerkt. Hier jedoch, in diesem diskreten Leben, wird die Stille zu dumpfem Schweigen zwischen hohen Räumen, in Samtvorhängen eingefangen. Plötzliches Verstummen und flehende Blicke des einen Menschen, abweisende des andern. Eine Postfachadresse in der Stadt, versteckte Briefe – keiner war auffindbar nach seinem Tod. Und das dreimalige schrille Läuten des Telefons im langen Flur eines großen alten Hauses. Abwesenheit, obwohl der Körper, die Gestalt anwesend ist. Unerklärliche Lieblosigkeit, Verweigerung des Dialogs. „Une vie discrète“, ein grauer Schleier der Verschwiegenheit, in welchem sich unbeantwortete Fragen verfangen, ohne sich zu verflüchtigen. Ein Geheimnis, das mitgenommen wird in den Tod.

*

Die Tochter blickt auf den nach einem Hausschuh tastenden Fuß, vertieft sich in die blauviolett geäderte Haut seiner Oberfläche, in die purpurnen Flecken, die an ein Stück See erinnern, von Algen unterwühlt und vom blutroten Licht eines Sonnenuntergangs beschienen, vertieft sich in die Farben, in das Stück Gewebe, in die große Zehe, ein vergilbtes, elfenbeinernes, mit der Haut verwachsenes Fossil, sieht den Fuß den grauen Teppich abtasten in der Suche nach einem ledernen Hausschuh, während das andere Bein, der andere Fuß auf halber Höhe der Bettkante herunterhängen wie leblos, es muss sich um einen Greis handeln, darüber täuschen das Schreibzeug, die zahlreichen auf der Bettdecke liegenden, auseinandergenommenen und bereits gelesenen Zeitungen nicht hinweg und nicht der Bücherstapel auf dem antiken Nachttisch, Bücher in englischer, deutscher, französischer Sprache. Ein immer noch hellwacher Geist in diesem fest gefügten Schädel, Modell für Bildhauer, für Maler, als Kind schon. Ungezählte Male fotografiert und immer die beiden entgegengesetzten Ausdrucksweisen seiner Augen, auf dem einen Bild ein weiches, stoffliches Grau mit einem blauen Schimmer, und auf einem nächsten, wenig später aufgenommen, ein steinernes Grau. Und immer ist der Wechsel unvorhersehbar und für den, den es trifft, erschreckend. Die Frau an seiner Seite wird sich nach über sechzig Jahren nicht damit abfinden können, zumal der ablehnende Blick sie im Verlauf der letzten Jahre immer häufiger trifft, ohne dass sie jemals einen Grund erkennt.

Sie blickt auf die Uhr jetzt, ob nicht bald Essenszeit sei, sie erwartet den Sohn, der sie ausführen wird ins nahe Restaurant, sie blickt in den Spiegel, auf die graublaue Seidenbluse, die blaue Kette, ihr weißes Haar. Der alte Mann, nachdem der Fuß, nackt noch, auf dem Teppich aufliegt, in seinem lose hängenden gestreiften Pyjama, dessen oberster Perlmuttknopf offen ist über den perlmuttfarbenen Brusthaaren – ihr Weiß wirkt durch die graurosa durchschimmernde Haut leicht verfärbt –, greift mit seiner jugendlich wirkenden Hand nach der vom Kissen aufs Unterleintuch hinabgerutschten Brille und vertieft sich erneut in seine Geburtstagspost, wenige Briefe und ein Brieftelegramm, nachdem es letztes Jahr ungezählte Briefe waren und gleichzeitig in den Tageszeitungen sein Bild erschien mit einem Artikel (wie später wieder nach seinem Tod). Er hatte sich nochmals hingelegt, die Augen geschlossen, danach die Bettdecke zurückgeschlagen und erklärt, er fühle sich viel zu schwach, um sich anzukleiden und auswärts zu essen. Sie erklärt, sie werde ihn in den Speisesaal begleiten, mit ihm zusammen essen, und auf ihren Arm gestützt wird er in seinem mit einem Gürtel zusammengebundenen Schlafrock Schritt vor Schritt sich vorwärtsbewegen, und an einem Zweiertisch werden sie sitzen mit Blick auf Blumenbeete und blühende Büsche und er wird Weißwein bestellen und erzählen von früher, als er Gast gewesen ist auf einem der Landgüter am Neuenburgersee, am Genfersee, befreundet mit dem Hausherrn, wird sich erinnern an Gärten mit Buchsbaum und Rosen geschmückt, an eine offene, von Säulen getragene Gartenhalle, an den Blick auf Rebberge und die Bläue des Sees. Danach wird er schweigend in Gedanken versinken, den Menschen vor sich, nach dem er sich sehnt. Nach beiden Seiten grüßend werden sie den Speisesaal verlassen, die Alterswohnung erreichen und dort wird er sich hinlegen und einschlafen, bevor der mit dem Zug hergereiste Sohn mit seiner angeborenen Lebhaftigkeit eintreten, den schlafenden Vater umarmen und die Mutter ins Restaurant begleiten und sie ermuntern wird zu bestellen, wonach es sie gelüstet. Vor dem teuren Fischgericht wird sie sitzen mit hängenden Schultern und einer nie zu befriedigenden Sehnsucht nach allumfassender Sättigung, die ihr diese Speise, diese in Butter gebratenen Zanderfilets und auch der danach mit neuer Erwartung verzehrte Erdbeerschaum, nicht geben kann und auch nicht die Erzählungen des Sohnes, seine Mitteilsamkeit und sein Strahlen, welches nicht mehr als der ferne Widerschein ist des Lichtes, das von ihm ausging in den frühen Jahren seines Lebens, in welchen das glückliche Kind der Mutter als Spiegel diente wieder und wieder. Die alte Frau stochert im Fischgericht, während zuhause der Mann unter der graublauen Decke eingeschlafen ist.

Sie betrachtet den Schlafenden, dessen eine Hand blaugeädert auf der Bettdecke liegt, wie er ruhig atmet, von Schmerzen befreit, und sie sieht einen weiten Himmel und sie erinnert sich des früheren Vaters, seiner messerscharfen Worte, was dies wieder für ein Hungerleider sei, den sie da aufgegabelt habe, das Süppchen werde sie selbst auslöffeln müssen. Der scharfsichtige Vater hatte das Paar ins Blickfeld genommen, so wie es ins Licht trat, das den Platz vor den Arkaden überflutete, eng umschlungen verließ es den Schatten der

Arkaden, der Vater versuchte das lästige Bild abzuschütteln, weshalb konnte seine Tochter in dieser behäbigen Stadt nicht einen jungen Mann auswählen, dessen Familie bekannt war, dessen Herkunft solide und wohlanständig war, weshalb immer diese unvertrauten Gestalten, die der Vater fürchtete wie der Teufel das Weihwasser. So unvertraut wie die Freunde waren später die Räume, die sie bewohnte, die in nichts dem glichen, was ein fürsorglicher Vater sich wünscht für seine Tochter, Mansarden unter glühenden Zinnen, ebenerdige Gartenzimmer mit mannshohem Unkraut vor den Fenstern, woher diese beinahe schon als Sucht zu bezeichnende Liebe zu solchen Behausungen, wo sie ein Leben führte, auf das der Vater nicht blicken mochte, das ihm Angst machte, als ob er nicht genug zu tun hätte mit seinem eigenen Leben, mit dessen dunklen Seiten, die zugleich die leuchtendsten waren, die farbigsten. Während die Tochter sich die Freiheit herausnahm, vor aller Augen das zu tun, was sie für richtig hielt, und bereit war, dafür den Preis zu bezahlen, er dagegen alles Rebellische, die schöne Unangepasstheit seiner frühen Jahre hinter Schloss und Riegel, hinter einer doppelten Eisentür eingesperrt hat, wo sie an kein Tageslicht mehr kommen kann, er hat sich sein sichtbares Leben aufgebaut, fest abgestützt muss es seinen Lauf nehmen und sollte doch ganz anders verlaufen. Was muss dies für ihn bedeutet haben, dieser Einbruch von Mauern, dieses unerwartete Licht, diese Leidenschaft, die ihren Anfang nahm an einem fernen schönen Ort, in einer fremden Landschaft, unter einem anderen Himmel.

Sie betrachtet den schlafenden Vater, während die Mutter und der Bruder zurückkommen und danach der Bruder sie zur Bushaltestelle begleitet und ihr einen Zettel mit einer Adresse und einer Telefonnummer übergibt mit den Worten, der Vater sei einverstanden, dass sie Kontakt aufnehme zu jener Frau. Sie dankt ihm und kehrt nach Hause zurück, nichts ahnend von einem Zimmer, einem schlichten Raum, wo ganz in der Nähe die ihr unbekannte Frau sitzt und sich ängstigt und vielleicht weint und nach einem Tag vergeblichen Wartens ihrerseits einen Zug besteigen wird, um sieben Stunden nach Hause zu fahren.

*

Auf der Heimfahrt im Zug schieben sich vor die Landschaft Bilder aus der Tiefe der Kindheit, als suche das Unbewusste nach dem Unantastbaren, nach einem von keinem Schatten verdunkelten Glück. Das Kind braucht sie, wenn es an Vater und Mutter denkt, auch der Erwachsene vergoldet seine Erinnerungen, bis er eines andern belehrt wird, doch die Bilder bleiben stehen, auch wenn sie im Nachhinein in ein anderes Licht gerückt werden, das einstige Kind wird sie festzuhalten versuchen, was auch immer danach geschehen ist, wie auch immer die Ereignisse eine nicht vorauszuahnende Wendung genommen haben. Kräftig leuchten die Farben jener frühen Bilder, deutlich treten die Umrisse hervor, Bilder, auf denen Vater und Mutter als Einheit erscheinen, gleichsam erhöht auf einem Thron sitzend, ein Paar, das sich täglich nach dem Mittagessen zurückzog in die verglaste Veranda, um aus kleinen Tässchen Kaffee zu trinken, Augenblicke der Intimität, von welchen die Kinder ausgeschlossen waren, wo die beiden im vertraulichen Gespräch nebeneinander saßen auf einem gestreiften Sofa, von Zeit zu Zeit an ihren Tässchen nippend, ungestört, abgeschirmt, ein Liebespaar. Auch das kleine Schlafzimmer, das sie jahrelang bewohnten, war dazu angetan, die Fantasie von Kindern zu beflügeln, die von der Entstehung von Kindern nichts wussten, es war ein fensterloses, gefangenes Zimmer, wo die beiden antiken Betten standen, darüber ein Gemälde von Benozzo Gozzoli im Goldrahmen,

Fürsten und Pferde darstellend, und ihre nachts verschlossene Tür, aus der sie morgens traten, lächelnd, aus ihrem den Kindern verschlossenen Reich.

Und damals, wie er ihr den Schmuck schenkte, sodass sie plötzlich wie von einer goldenen Aura umgeben war, als sie das kleine weiße Paket aufschnürte, das smaragdfarbene, mit aprikosenfarbener Seide ausgeschlagene Wildlederetui öffnete und ihm die goldene Kette entnahm, er sie ihr um den Hals legte, er, der kein überflüssiges Geld hatte, der hatte sparen, einen zusätzlichen Auftrag annehmen, nachts daran arbeiten müssen, und wie sie ihn anblickte und die Kinder danebenstanden und staunten, das weiche Lederetui streichelten, das Seidenfutter betasteten, wie sie ihre erste goldene Kette anbehielt bis zum Abend und er, stolz.

Und in einem bestimmten Jahr die Sommerferien, die wie Sonnenflecken über der Kindheit leuchten, die Ferien an Seeufern, das Schwimmen, die Ruderbootfahrten, die Wärme, die hellen Kleider, der Vater ohne Krawatte, die Mutter mit nackten Beinen und die Tage weit und lang sich ausbreitend, einmal, auf einem Felsvorsprung, über einem großen jurassischen See, wo sie saßen alle zusammen und die Mutter zu sprechen anfing, etwas feierlich, etwas verhalten und getragen zugleich, vor sich über die Fläche des Sees blickte und ankündigte, die drei Kinder würden ein Geschwister bekommen, ein Kind werde geboren werden im nächsten Frühjahr, was bedeutete, dass die Eltern sich liebten, dass die Familie eine Einheit bildete unantastbar, ein Reich innerhalb der Welt, wo alles seinen festen Platz hatte, wo Zweifel und Unsicherheit ausgeschlossen waren, wo man aufgehoben war, solange man das fügsame Kind blieb, und man sich selbst nichts anderes vorstellen konnte, erst viel später die Fragen auftauchten, die Zweifel, die Auflehnung und noch sehr viel später die Brüche, die Risse, der schwankende Boden.

*

Ein seidener Himmel draußen, wolkenlos, und der schlafende Greis, halb zugedeckt, die Bücherbeige auf seinem Nachttisch, auf einem niedrigen Tisch seine Pfeife, Streichhölzer; seit sie ein Kind war, lagen überall verstreut Zeitungen, Tabakkrümel, der vertraute Anblick, die zum Vater gehörenden Dinge, nebenan hantiert die Mutter, gebückt, spricht der Bruder, der sie zum Bus begleiten wird, sie wirft nochmals einen Blick auf den schlafenden Vater, sein beinahe jugendliches Gesicht, unter der Decke zeichnet sich sein Körper ab, sein kraftloser schwacher Körper, seine Beine, die ihn kaum mehr tragen, seine verkrümmten blauvioletten Füße, die ihn zu Fall bringen alle paar Tage, sodass er auf Hilfe angewiesen ist, sich nicht mehr allein hinauswagt, in vollkommener körperlicher Abhängigkeit jetzt von einer ihn begleitenden Person, während sein hellwacher Geist in drei verschiedenen Sprachen liest und schreibt und teilnimmt an der Welt, die er bald verlassen wird, die zu verlassen er bereit ist, und wie er sich ein Danach vorstellt, darüber hat er sich stets ausgeschwiegen, ob er an ein Danach glaubt, an ein Leben jenseits, solche Spekulationen sind ihm immer fremd gewesen, seinen Körper will er verbrannt haben, seine Asche verstreut im Fluss der Kindheit, in den er als Junge gesprungen ist, um sich treiben zu lassen. Nichts soll bleiben, kein Grab, geschmückt mit Blumen, kein Ort, seiner zu gedenken, vor Jahren hat er erwähnt, die paar Menschen, die nach seinem Tod zusammenkämen, sollten das Lied singen mit den Worten „ce n'est pas un adieu mes frères, ce n'est qu'un au-revoir", also würde er die geliebten Menschen wiedersehen, während die Mutter eine Erdbestattung wünschte, einen Platz auf einem Friedhof, sodass sie im Tod getrennt sich befänden, sie in einem mit Rosen bepflanzten Grab, er als Asche im Fluss, schließlich im Meer, und die Seele, das Wort hatte er kaum je erwähnt, vielleicht aufgehoben im früheren Freundeskreis, endlich an ihrem Bestimmungsort, welches auch immer dieser Ort sei, frei.

*

Wer erkennt in diesem liegenden, schlafenden Greis, bereit, die sterbliche Hülle abzustreifen, wer erkennt in ihm den kleinen Jungen mit der Militärmütze auf dem schwarzweißen Foto oder den Jungen auf der Rötelzeichnung, in die Zukunft blickend, wer erkennt in diesem nach Unabhängigkeit strebenden Bubengesicht den schlafenden alten Mann. Er sei schon wieder hingefallen, er falle täglich mehrmals hin, seine Beine trügen ihn nicht mehr, er liege plötzlich am Boden, er gehe nirgends mehr hin, er sitze auf dem Balkon, wo er lese, wo er schreibe, wo er sein Leben überdenke, er weiß noch Einzelheiten aus seiner Kindheit, er erinnert sich an seine Grundschullehrerin, die er liebte, er erinnert sich der Schulkameraden, kann ihre Namen aufzählen, er erinnert sich des Tags, an dem die neue Schülerin in die Klasse trat, errötend, er erinnert sich an dieses schöne, edel aussehende Mädchen, eine klassisch zu nennende Schönheit, er erinnert sich an seine frühe Ehe mit ihr, an seine Sehnsucht nach großen Städten, an sein Leben im Ausland, er erinnert sich an die lange Militärdienstzeit, an seine Angst um seine Familie, die er aufs Land geschickt hatte, er erinnert sich an seine Freunde, die alle tot sind, besonders an den einen, dem er sich anvertraut hatte, der ihn verstand, der verschwiegen war und das ihm Anvertraute mit ins Grab genommen hat, er erinnert sich an die Nachkriegszeit, an die Ruinenstädte, an seine umgebrachten Freunde, er erinnert sich an seine Reise nach England, an die Begegnung mit einer fremden Frau, als habe er immer auf sie gewartet, war es Sommer, war es Herbst?

*

Die Tochter hat das Alter, das er hatte, als sie sich begegnet sind in jenem weiträumigen Schloss aus dem siebzehnten Jahrhundert, als ihre Liebe ihren Anfang nahm und sie gemeinsam den Park durchstreiften, hier begann ihre Liebe, an diesem schönen Ort, wohin sie aus verschiedenen Ländern angereist waren, um sich zu begegnen, sie wüsste gern, in welcher Form sich diese Begegnung abgespielt hat, waren sie Tischnachbarn beim Abendessen oder saßen sie beim Tee nebeneinander vor dem großen Kamin oder waren sie in einem der langen Flure aufeinander zugeschritten oder hatten sich auf ihrem Morgenspaziergang ihre Wege gekreuzt, dies hätte sie ihn fragen wollen und vieles mehr, dazu wird es nun nicht mehr kommen, mit dieser Trauer muss sie leben, sie muss sich alles vorstellen, muss alles in ihrer Fantasie entstehen lassen. Noch kennt sie sie nicht, die ihr erzählen wird, noch weiß sie nichts.

Und wie ist ihm wohl zumute gewesen, als sie, seine Frau, und er, Jahre später ein Haus auf dem Land mieteten, sich einen Traum erfüllten, und kurz nach dem Einzug hat seine Frau in der Schublade eines schäbigen Schreibtisches in einem winzigen Büro, das er in der Stadt gemietet hatte, den Brief gefunden, und in das traumhaft schöne Landhaus breiteten sich die Schatten verborgenen Lebens aus, hier entstanden, diffus zunächst, die Kopfschmerzen, ein leichter Schwindel anfangs, hier schrillte laut das Telefon durch den langen Flur, hier telefonierte er, sowie die Mutter ins Dorf zum Einkaufen gegangen war, hier kontrastierte die Wirklichkeit des Lebens mit dem idealen Ort, hier begann der Vater immer öfter den eisgrauen Blick zu haben, hier begann er, an seinen

Memoiren zu schreiben und der Nachwelt das Bild von sich zu geben, das sie als das echte betrachten sollte, das Bild des rechtschaffenen Menschen ohne Fehl und Tadel und vor allem ohne Anfechtungen, das Bild, bereits enthalten in jener Rötelzeichnung aus dem Jahr 1918, das den mutig in die Zukunft blickenden Jungen darstellt, nichts Träumerisches in jenem Gesicht, nichts Unentschlossenes, Unbestimmtes, und so sollte sein Leben fortschreiten ohne Abschweifungen oder Irrwege, sich immer auf dem richtigen Weg bewegend sollte er voranschreiten, immer auf der richtigen Seite stehend, wo andere wankelmütig und feige sich anpassten während der Kriegsjahre, ein unerschrockener, unbequemer Zeitgenosse, er schrieb seine Erinnerungen auf, während sie, seine Frau, bei den Bäuerinnen anklopfte, in ihren großen Küchen saß, sich Klagen anhörte über einen ältesten Sohn oder über die bei Wetterwechsel sich einstellenden Gebresten, über das Hagelwetter vor vierzehn Tagen, während sie wartete auf die Bohnen, auf die Tomaten, die Karotten, sie nach Hause trug und sich wunderte, weshalb sein Blick abwesend war, lieblos.

Es war das Haus ihrer beiderseitigen Träume, ein Landhaus wie in einer Erzählung aus dem neunzehnten Jahrhundert, auf jeder Seite ein Garten, große quadratische Zimmer, holzgetäfelt. Hier müsste man glücklich sein.

Und wenn die eine Tochter zu Besuch kam, überfiel sie eine unbestimmte Beklemmung, die sie sich nicht erklären konnte, in den hellen Räumen hing, wie ein dunkler Stoff, ein undurchdringliches Schweigen. Wäre da nicht der See gewesen, dieser nahe liegende Moorsee mit dem Schilfufer, den Seerosen, dieser lieblich in die Landschaft eingebettete, von Kornfeldern umgebene See, wo der Mann seine täglichen Runden schwamm bis in den Herbst, es hätte sich vielleicht etwas zugespitzt, es wäre vielleicht zum Drama gekommen, zu einer Tragödie, wie in den Romanen des neunzehnten Jahrhunderts, wäre nicht der See gewesen mit seinem weichen Moorwasser, den sich spiegelnden Wolken, den Wasservögeln. An den Abenden dann das erneute Verstummen, das unerklärliche Seufzen der Mutter, die Schroffheit des Vaters. Sie, die Tochter, schwieg sich aus über ihr Leben, es gab nichts zu erzählen, was den Vater gefreut hätte, und dann eines Abends die Worte, der Vorwurf, sie sei nicht transparent, diese unvergessliche Szene, ihre Erwiderung, ob er etwa transparent sei, und sein Gesicht, das sich verschloss, sein prüfender Blick. Nein, sie wusste nichts. Der Vater hat ihr seine Geschichte verweigert. Sie wusste nicht, weshalb sie sich in jenem schönen Haus nicht wohlgefühlt hatte, keine einzige Stunde.

Jetzt ist sie so alt, wie er damals war, als er ihr begegnet ist, und sie fragt sich, welches Ereignis in ihr Leben treten wird so vollkommen unerwartet, ohne Ankündigung, sie fragt sich, wie das war für ihn damals, so aus der Bahn geworfen zu werden, vielleicht war er erschrocken, vielleicht begegnete ihm zum ersten Mal der Unbekannte in sich selbst, und dies muss in einem bereits fortgeschrittenen Alter so etwas wie ein Schock sein, zu entdecken, dass man seinen Gefühlen vollkommen ausgeliefert ist. Und gleichzeitig dieses Glücksgefühl, wie er es nicht gekannt hatte.

*

Mit ihm reden. Einmal die Verschwiegenheit aufbrechen. Da war damals diese eine Stunde gewesen, eine stille helle Stunde, er lag im Spitalbett, geschwächt, doch guter Dinge, hatte geschlafen, gelesen, vor ihm die breite Fensterscheibe und dahinter die Kulisse der Stadt, jenseits des Flusses, den man in der Tiefe nicht sehen konnte, die lange Zeile aneinandergebauter alter Häuser mit den Mansardendächern, hinter den Häusern der Turm des Münsters, den man besteigen konnte, auf dessen halber Höhe eine Wohnung lag – als Kind wünschte sie sich, dort zu wohnen, das Kind des Turmwächters zu sein –, und hinter dem Münster der Hügel, zum Teil bewaldet, und darüber ein weiter Himmel, eine großartige Aussicht. Er lag milde gestimmt im Bett, niemand sonst im Zimmer, jetzt hätte sie mit ihm reden können, die Wörter formten sich hinter den Lippen, blieben dort stehen in fertigen Sätzen. Sie dachte an nichts anderes, während sie harmlose Worte austauschten, es würde sich keine Gelegenheit mehr finden, mit ihm allein zu sein wie jetzt hinter dieser doppelten Zimmertür, sodass niemand etwas vernommen hätte von den laut ausgesprochenen Wörtern, denn er war schwerhörig, und sie blickte immerzu auf dieses immer noch schöne Gesicht, ob sich darin ein Zeichen zeige zu einer Bereitschaft, etwas von sich preisgeben zu wollen, doch sie konnte nichts bemerken, nichts außer dem entspannten Ausdruck eines Rekonvaleszenten, und während die Zeit dahinstrich, wusste sie, dass sie unverrichteter Dinge weggehen würde, zurück durch die labyrinthischen Gänge dem Ausgang des Spitals zu, ohne etwas zu erfahren von ihm, ohne zu wissen, was in ihm vorging.

*

Vor Jahren, ein Tag Ende Mai, sie erinnert sich. Dunstige Wärme, einschläfernd, versöhnlich auch. Die Hinfahrt mit dem Zug damals, die gerahmten Bilder einer Landschaft, die sich beim nächsten Hinsehen verändert haben würde. Ein blauweißer Schimmer, der den Glanz der Farben abdeckte, um wie von einer tieferen Schicht her ihre Intensität hervorzuheben. Der gleiche Himmel, das dunstige Licht unverändert den ganzen langen Nachmittag, versöhnliche Gedanken, die die Fahrt zu den steinalten Menschen begleiten, zu den Eltern, zu Gesprächen, zum einen Gespräch bei einem Spaziergang Schritt vor Schritt, Wort für Wort. Ihre Vorfreude, ihre Spannung. Etwas Geheimes würde sich ihr zeigen, würde vor ihr ausgebreitet in seiner ganzen Einmaligkeit. Vater und sie hatten den Spaziergang geplant, zu zweit, es war seine Idee gewesen, einen Weg hatte er gewählt, der für die Mutter zu beschwerlich war, dem Fluss entlang wollten sie gehen stundenlang, dem Kindheitsfluss, in welchen er als Bub getaucht war und später als junger Mann und noch später als älterer Mann, der Fluss mit der raschen Strömung, sie wollten dem Ufer entlanggehen lange Zeit, er wollte mit ihr sprechen, hatte den Spaziergang geplant, und als sie unter der Tür standen, um wegzugehen, schlüpfte die Mutter in ihren Mantel und begleitete sie, als habe sie gespürt, dass Vater und Tochter ein Geheimnis austauschen würden, als habe sie Angst, die beiden allein ziehen zu lassen, als fürchte sie eine Vertrautheit, die sich im Verlauf des Spaziergangs einstellen könnte, es war ein wunderbarer milder Maitag, sie erinnert sich ihrer Trauer, ihrer Enttäuschung und der immer kleiner werdenden Hoffnung auf eine solche Gelegenheit, auf eine Zweisamkeit, auf ein Gespräch, das nie mehr stattfinden sollte, auch jetzt im Spitalzimmer nicht, in dem er vermutlich jeden Tag dorthin anrufen kann ungestört, wo weit entfernt eine Frau lebt, die zu lieben er nie aufgehört hat.

*

Sie berichtet am Telefon, sie sei also hingefahren, tags zuvor, sieben Stunden lang, und mit einem Taxi seien sie zum Arzt gefahren. Zusammen seien sie danach in ein Café gegangen, wo man sein eigenes Wort nicht gehört habe. Draußen auf dem Gehsteig habe man den Asphalt aufgerissen, Pressluftbohrer seien an der Arbeit gewesen, und so habe sich ihre Unterhaltung auf wenige Worte beschränkt und vor allem aus stummen Gesten und Blicken bestanden. Sie versuche jedes Mal, sich sein Gesicht einzuprägen für immer, wisse sie doch nie, wann und ob sie ihn jemals wiedersehe. Anderntags habe sich nochmals eine Gelegenheit gezeigt, sich zu treffen. Sie seien lange im Garten des Altersheims gesessen, er sei guter Dinge gewesen, rosig und belebt, habe eine helle Leinenjacke getragen, Pfeife geraucht, so hat sie ihn fotografiert, eines der letzten Bilder, und anschließend hätten sie in der Cafeteria Kaffee getrunken. Es scheine ihm nichts auszumachen, sich dort mit ihr zu zeigen, er scheine die Blicke der Mitbewohner zu ignorieren, habe in solchen Augenblicken nur Augen für sie und frage sich, wann es zu einem Widersehen käme. Und tags darauf wieder die lange Reise. Mit diesen wenigen Stunden müsse sie sich begnügen, dies sei ihr Leben seit Jahrzehnten, und wozu sich dagegen auflehnen, für eine große Liebe sei man zu allem bereit, und solange er sie liebe, solange seine Gefühle für sie unverändert seien, solange er sie bitte, ihn nicht zu verlassen und jede Gelegenheit zu ergreifen, um ihn zu sehen, um zusammenzukommen – ja, das sei ihr Leben seit Jahrzehnten und ein anderes kenne sie nicht. „Es ist, wie es ist."

*

Sieben Stunden Fahrt, tagelange Sehnsucht, innere Spannung, Erwartung, um ihn vielleicht nur eine einzige Stunde zu sehen, irgendwo zu sitzen, seine Hand zu halten, während die Zeit fließt, die Minuten eine um die andere zerrinnen – sieht so die Liebe aus, die alles überdauernde, die nie versiegende? So viel Hingabe, so große Anspruchslosigkeit, so tiefe Verbundenheit zwischen einem alten und einem uralten Menschen. Möge der Tag schön werden, möge der Himmel licht sein, möge der Vater, auf ihren Arm gestützt, fähig sein zu gehen, sich zu bewegen, möge über ihrem Zusammensein ein glücklicher Stern stehen, möge es kein endgültiger Abschied sein, möge sich dieser hinauszögern in unbestimmte Ferne.

*

Die Liebe der beiden Frauen zu den Gärten. Es gab ihrer viele. Einer war groß und verwinkelt, hatte in seinem hinteren Teil eine Löwenzahnwiese und Stangen, an denen Schnüre gespannt waren, um Wäsche aufzuhängen. Dort war der Garten sonnig, baumlos, während er sonst schattig war, dunkel. Ein schmaler, buchsbaumgesäumter

Kiesweg führte von der Wiese zu einer Grotte aus Tuffstein, über der ein Kastanienbaum seine Äste ausbreitete. Jenseits des Zauns blinkte im Nachbargarten eine goldene Kugel, standen Rehe, täuschend echt. Von der Grotte gelangte man zu einer anderen Wiese, vor dem Haus, und an seiner Fassade unterhalb der Fenster blühten Rosen und Lilien, ihre Lieblingsblume, und im Herbst die Dahlien in ihren starken Farben. An der einen Seite des Hauses wuchs ein hoher Nussbaum, überschattete ein anderes Stück Wiese, wo die Kinder an Nachmittagen spielten und sich stritten. Ein späterer Garten lag wie auf einer Terrasse ausgebreitet über dem tief unten fließenden Fluss. Dort hatte sie an Bögen Rosen hinaufwachsen lassen zur lichten Laube, seitlich stand ein altes umranktes Gartenhaus, dort spielte sie mit ihrem ersten Enkelkind. Der schönste Garten aber lag auf der Rückseite des Landhauses, das sie gemietet hatten zu ihrem Glück, sich einen Traum erfüllt, in dem so viel Schweigen, so viel Unausgesprochenes, eine so große dumpfe Trauer zwischen den Räumen lag, wo im Flur die langen Telefongespräche geführt wurden, sowie sie ins Dorf ging, um einzukaufen. Dort, hinter dem Haus lag, von drei Seiten von hohen Büschen eingeschlossen, der schönste aller Gärten, Oase des Glücks, des Unglücks, dorthin ging sie am Morgen als Erstes, bückte sich über die Blumen, Malven, Rosen, Levkojen, Rittersporn, Lupinen, dort schritt sie von einer Blume zur anderen in ihrem geblümten Morgenrock, den sie stundenlang anbehielt morgens, je älter sie wurde, den Blumen gab sie ihre ganze Zuwendung, ihre ganze Liebe, mit ihnen hielt sie Zwiesprache, sie dankten es ihr. In diesen paradiesischen Garten begab sie sich als Erstes am frühen Morgen und als Letztes, bevor sie schlafen ging. Durch die Büsche waren die ländlichen Geräusche des Dorfes zu hören, Wagenräder, ein Heugebläse, Bubenstimmen, die Glocken der heimkehrenden Kühe, ihre dumpfen Schritte. Hier saß sie stundenlang allein, überdachte ihr Leben, hintersann sich über den Brief, den sie gefunden hatte, einen Liebesbrief, geschrieben in einem anderen Garten, einer kleinen grünen Oase mit Kräutern, Unkraut, Blumen und hohem Schilf, zuhinterst blühten Büsche, haushoch, standen der alte Sonnenschirm, der gestreifte Stoffsessel, wo die andere sitzt und liest und schreibt, an ihn vielleicht, hier an ihrem Lieblingsort, in diesem kleinen wilden Garten, den er nie gesehen hat, nie sehen wird.

*

Auch im Roman *Une vie discrète* hat Madame in Tours einen Garten. Er liegt viereckig vor der ganzen rückseitigen Länge des Hauses. In der Mitte des Rasens wurde ein Blumenrondell angelegt. Einmal im Monat kommt der Gärtner. Madame hat keine besondere Beziehung zu ihrem Garten. Sie blickt unbeteiligt in das Grün, froh, dass es einen Abstand schafft zum Haus der Nachbarn, die sie nie besonders gemocht hat. Langweilt sich Madame? Keineswegs. Sie stickt Bilder, Meisterwerke aus dem Musée du Louvre. Und sie schaut fern. Sex and crime. Ihren Mann vermisst sie nicht. Jeden Morgen besucht sie das schöne, in Rot- und Goldtönen eingerichtete Kaffeehaus „Aux trois Voûtes“. Täglich sitzt dort ein älterer Herr, allein. Eines Tages kommen sie ins Gespräch. Sie freunden sich an. Das Kaffeehaus bleibt der Ort ihrer Begegnung. Einige Zärtlichkeiten, schöne Gespräche – mehr wünschen sich die Siebzigjährigen nicht.

Paris, Rue Victor Cousin. Ist das Monsieur le Professeur, der da aus dem Hauseingang tritt, zum bewölkten Himmel hinaufschaut, zögert, und dann rasch ausschreitet, trotz der schweren schwarzen Ledermappe in seiner rechten Hand? Er wird erst abends wieder auftauchen und im Hauseingang verschwinden. Kurz danach wird eine stark geschminkte Frau mit blondierten Haaren, einer golden eingefassten Brille und einem nicht mehr jungen Gesicht das Haus betreten. Eineinhalb Stunden später sitzt das Paar in einer Brasserie beim Abendessen. Gegen elf Uhr kehrt das Paar Arm in Arm nach Hause. Anderntags trifft sich der Professor mit seiner einen Tochter zum Mittagessen. Seiner schwierigen Tochter, wie er sie früher genannt hat. Inzwischen hat er sich ihr anvertraut und seitdem ist ihre Beziehung freundschaftlich und respektvoll. Die Tochter trägt eines der früheren Geschenke ihres Vaters, den weichen Mohairschal aus einem Londoner Geschäft.

Une vie discrète, zwischen Paris und Tours angesiedelt, hat sich von ihrer Geschichte entfernt, gleicht ihr nicht mehr, nur noch entfernt, als beschrieben wird, wie der Professor sich seinen Kindern anvertraut, dem einen Sohn auf einer langen Wanderung in der Bretagne, nahe dem Atlantik, unter einem sehr weiten grauen Himmel, dem Flug kreischender Seemöwen. Wie der Sohn verständnisvoll nickt, wünscht, die Frau kennenzulernen, die er später mehrmals aufsuchen wird, und wie er dem Vater endlich von seinen Beziehungen zu Männern erzählen kann, sodass zwischen ihnen eine Vertrautheit entsteht wie nie zuvor. Während es hier, in ihrer eigenen Geschichte, auf einer weiten, leicht ansteigenden Bergweide war, wo Vater und Sohn ins Gespräch kamen, der Vater erzählte von seiner Begegnung, seiner Liebe, und wie sehr er wünsche, dass er die Frau kennenlerne, wie er endlich etwas loswerden wollte, das ihn seit Langem umgetrieben hatte, und auch dieser Sohn wird ihn verstehen und sich nicht wundern über die Liebe seines Vaters. Später, in einem anderen Jahr, auf einem anderen Kontinent, wird der Vater die älteste Tochter ins Vertrauen ziehen, auch hier auf einer Wanderung dem Meer entlang, als ob eine weite Wasserfläche, ein hoher Himmel, das gleichmäßige Ausschreiten die Wörter in seinem Innern befreien würden, wo er seinem Gegenüber nicht ins Gesicht zu schauen brauchte, wo er seinen Blick auf das bewegte Meer, auf ein Segelboot in der Ferne richten konnte und wie in einem Selbstgespräch loswerden, was ihn umtreibt, und auch diese Tochter wird ihn verstehen und sich nicht erstaunt zeigen. Nur die jüngeren Töchter werden auf Umwegen, durch Dritte, vom geheimen Leben ihres Vaters erfahren, was sie nie verwinden werden, zu sehr hätten sie sich das vertrauliche Gespräch mit ihrem Vater gewünscht, den direkten Austausch, den der Vater gefürchtet hatte. Schließlich werden es alle Kinder wissen und, was der Vater nicht erwarten durfte, sie werden es verstehen, werden es gutheißen, als wären sie erleichtert, die menschlichen Schwächen des Vaters zu entdecken. Ein Vater, der endlich heruntersteigt von einem imaginären Sockel und lautlos verschwindet in der anonymen Menge untreuer Männer.

*

Das Bild. An seinen oberen Rand grenzt der Himmel, hell, wolkenlos. Schwalben pfeilen kreuz und quer. Unten ein Tisch, ein pastellfarbenes Tischtuch, vor einer Balkonbrüstung. Auf beiden Seiten die grauen Betonwände. Am Tisch sitzen einander gegenüber ein Mann, eine Frau. Ihre Oberkörper sind zueinander geneigt. Zuneigung. Das Haar des Mannes ist weiß, seine Haut die eines sehr alten Mannes. Auch die Frau ist nicht mehr jung. Sie blickt ihn an, unsäglich liebevoll. Sie trinken Kaffee. Sie reden. Man kann ihre Worte nicht vernehmen. Manchmal nähern sich die beiden Köpfe oder die Hände suchen sich auf dem Tischtuch. Es ist ein friedliches Bild, das sich wiederholt auf der ganzen Welt, immer gleich. Zwei Menschen an einem Tisch, zwischen ihnen

Zuneigung. Liebe. Sie sitzen lange Zeit so. Einen ganzen Nachmittag lang. Der Nachmittag wurde ihnen geschenkt. Sie nahmen das Geschenk an, dankbar. Sie wissen nicht, wann ihnen wieder ein Nachmittag geschenkt wird. Wählen können sie nicht. Sowie sich eine Gelegenheit bietet, eilt der eine Mensch zum anderen. Es ist die Frau. Der Mann kann nicht mehr reisen, sich fortbewegen, einsteigen, aussteigen, Straßen überqueren, Treppen hochsteigen. Er muss warten, bis eine neue Begegnung ihm geschenkt wird von denen, die für ihn handeln, etwas an die Hand nehmen können. Noch hält der Sommer an, noch ist eine Wiederholung des Bildes möglich, vor einem hellen, wolkenlosen Himmel, den Schwalben durchpfeilen mit weißen Bauchfedern. Sie wissen nicht, ob sie sich jemals wiedersehen werden. Von weit her sichtbar, die beiden Menschen auf einem Balkon an einem lichten Sommertag.

*

In der Geschichte *Une vie discrète* ist der Mann Historiker. Er begibt sich regelmäßig von Tours nach Paris, wo er in Archiven und Bibliotheken arbeitet. Seit Langem hat er eine Dachwohnung in der Rue Victor Cousin. Dort trifft er sich mit seiner Geliebten, die aus Brüssel angereist kommt. In wenigen Stunden erreicht sie Paris. Seine Frau hat keinen Grund, Verdacht zu schöpfen. Ein Historiker, der mehr als einen Tag benötigt, um gewissen Fragen nachzuforschen. Was ihr auffallen müsste, ist seine offensichtliche Heiterkeit, wenn er aus Paris heimkehrt. Während er sonst eher verschlossen, manchmal auch abweisend ist. Sie führt sie darauf zurück, dass er gefunden hat, wonach er gesucht, oder dass er neue Entdeckungen gemacht hat.

Madame ist zufrieden mit ihrem Dasein. Sie vermisst die Nähe ihres Gatten nicht, ein im Übrigen aufmerksamer, liebevoller Mann, der ihr jeweils aus Paris Pralinen aus ihrer Lieblingskonditorei mitbringt und sie von Zeit zu Zeit, in losen Abständen, in die Opéra einlädt, wobei sie immer im gleichen Hotel übernachten. Madame hat ihre Freundinnen in Tours, ihren ruhigen Alltag, ihre Kaffeehausfreundschaft und ihre Fernsehsendungen.

*

Während es hier, in ihrer Geschichte, schwierig geworden ist für die beiden Liebenden. Sie wissen nie, wann sie sich wiedersehen werden, sie wissen nicht, ob ihr Zusammensein nicht ihr letztes gewesen ist. Trauer und Abschied über der kurzen gemeinsam verbrachten Zeit. Sein 91. Geburtstag heute. Seine Frau, deren Kopf vor Schmerzen zu platzen droht, die von den wohlgeratenen Kindern, von der lange währenden glücklichen Ehe spricht, dabei unsicher auf ihre eine Tochter blickt, die schweigt und ihre Gedanken für sich behält, seit Langem schon, und er in seinem Schlafrock, mit seinen die Teetasse zum Mund hebenden Händen, die zärtlich wirken und Zärtlichkeit wachrufen, mit seinem markanten Kopf, schmaler jetzt als je zuvor, doch immer noch der Büste ähnlich, die ihn als jungen Mann zeigt und die seinen Blick nicht widergibt, diesen weichgestimmten, ernsthaften, graublauen und den steinernen, ablehnenden, unversöhnlichen. Den immer wachen Blick, den erst in allerletzter Zeit in der Aufmerksamkeit nachlassenden, entrückten, vielleicht dorthin blickenden, wo sie, seine Geliebte, in ihrer Wohnung inmitten von Büchern lebt, manchmal in der Wildnis des kleinen Gartens sitzt, wo er nie gewesen ist, an jenem Ort, den er nie aufgesucht hat außer in Gedanken, wo er jetzt sich befinden mag oder auch ganz woanders, obwohl von Tochter und Frau umringt im Wohnzimmer sitzend, er, der Greis, in Erwartung des

Sohnes, der jüngsten Tochter, der ältesten Enkelin und deren Tochter, seiner Urenkelin, er sitzt da, wortlos, liest nicht, schaut nicht fern, blickt in eine unbekannte Ferne, nach innen, und die Frage taucht auf: wer ist da, wer?

Weshalb seine Frau plötzlich aufsteht und ihn küsst, mit einem fast trotzigen Stolz, weshalb sie demonstrativ, auch besitzergreifend seinen Kopf packt und ihren Mund auf den seinen drückt im Augenblick, in dem die Enkelin abdrückt, oder umgekehrt die Enkelin bittet, sie in diesem Augenblick zu fotografieren, ein Dokument, das sie überleben wird, ein Beweisstück, das seine Wirkung nicht verfehlen wird bei den Nachkommen, die es einst betrachten werden, eine lange währende Ehe, eine einzigartige Liebe, die eine Enkelin und ihr jüngerer Bruder betrachten das Bild zufrieden, stolz, ihre Mutter betrachtet es über ihre Köpfe hinweg, sie versteht die alte Frau, die uralte Mutter, die sich auf diese Weise ablichten lässt, die sich selbst ins Licht rückt, ein Aufbäumen vor dem nahen Ende, sie hält seinen Kopf, man sieht von ihm nur ein Büschel weißes Haar, einen Teil des Gesichts mit den braunen Altersflecken, den Hals mit der faltigen Haut, um den ihre Hand geschlungen ist, wie sie ihren Kopf beugt und man von ihr den Hinterkopf sieht mit den kahlen Stellen zwischen dem weißen Haar, ihre vornüber hängende Kette und, obwohl man weder seinen noch ihren Mund sieht, weiß man genau, dass sie ihn küsst mitten auf den Mund, das Bild wird einst eingeklebt werden, betrachtet, kommentiert, es hat eine gewisse Unsterblichkeit im Gegensatz zu den sich Küssenden, während von der anderen kein solches Bild existiert, nirgends, in ihrem schattenhaften Dasein wird sie verschwinden, als habe es sie nie gegeben, wo ist der Beweis, dass es sie jemals gegeben hat, nachdem er tot sein wird, wer wird ihrer gedenken, sich erinnern?

*

Traum

Ein breiter, träge dahinströmender Fluss. Darüber führt eine Brücke mit einem verschnörkelten Eisengeländer. Auf der einen Seite der Brücke erhebt sich in der Mitte des Geländers eine steinerne Madonnenstatue. Fluss und Brücke durchqueren eine Stadt. Es ist späterer Nachmittag, Arbeitsschluss. Eine dicht gedrängte Menge überquert die Brücke in beide Richtungen. An einem Ende der Brücke steht die Frau, die Geliebte, hell bekleidet, am andern Ende der Mann in dunklem Hut und Mantel. Sie versuchen, sich gegenseitig zu erreichen, doch werden sie von der Menge immer wieder zurückgedrängt. Sie kommen keinen Schritt vorwärts, die Distanz zwischen ihnen bleibt immer dieselbe. Es ist ein verzweifelter, vergeblicher Versuch, zueinanderzukommen. Der Menschenstrom reißt nicht ab. Die helle und die dunkle Gestalt vor jedem der Brückenköpfe scheinen wie angewurzelt. Unbewegt erhebt sich die steinerne Madonna. Sie trägt die Züge seiner Frau. Ende Mai, Anfang Juni, eine lichte vergangene Zeit. Jetzt ist November, Allerseelen. Abschied liegt in der Luft wie ein vom Wind zerrissenes Spinnennetz, das vom Strahl der Novembersonne getroffen aufblitzt.

*

Sie ist auf einer Bank gesessen, unter dem fallenden Laub, inmitten der aufgehäuften Herbstblätter hat sie gewartet, ob er käme, was ungewiss ist, sie wartet und hofft und lauscht, war da nicht ein Rascheln, hat sie nicht Schritte gehört. Sie wird nicht aufhören zu hoffen, dass er bald erscheine, bald vor ihr stehe, dass sie auf und ab gehen könnten Arm in Arm in dieser langen Allee, zwischen den Bäumen, die ihre Blätter verlieren, ihre gelbbraun verfärbten Blätter, sie hofft und wartet, und erst nach einer vollen Stunde steht sie auf, mit einem Schlag gealtert, geht mit langsamen Schritten davon, schaut immer wieder zurück, ob nicht seine Gestalt im dunklen Wintermantel, den er seit Kurzem trägt, unter den Bäumen erscheine, ein dunkler winkender Arm sich erhebe, noch einmal dreht sie den Kopf zurück, noch ein letztes Mal.

*

Ein letztes Bild. Im Oval des Spiegels erscheinen ihre Köpfe, die der alten Frau, des alten Mannes, einander zugewendet, sich einander nähernd, golden eingerahmt das Spiegelbild einer lange währenden Vertrautheit, Intimität, Zusammengehörigkeit, und außerhalb des Rahmens nichts Sichtbares, nichts Greifbares, nichts. Die Rückkehr an den Anfang, die Gesichter alt, die Haare weiß, die Rückkehr dorthin, wo einst ihre Gesichter sich erstmals zueinander hinwendeten, sich berührten wie jetzt im goldgerahmten Spiegel, und alles Dazwischenliegende ausgelöscht, unsichtbar geworden, versunken im Schatten der Zeit.

II.

Nein. Als habe die Vorsehung selbst eingegriffen. Diese große Liebe sollte nicht im Nichts verschwinden, nicht dem ewigen Verstummen anheimfallen. Sie sollte noch einmal aufleben dürfen, spät, sehr spät. Einige Monate vor seinem Tod sollte er zum Pflegefall werden. Was sonst gefürchtet wird, wurde als Glück empfunden, als spätes Geschenk. Und der Zufall, das Schicksal, wie auch immer, will, dass in jenem Altersheim, wo er lebt mit seiner Frau, die Pflegeabteilung überfüllt, für ihn also kein Platz vorhanden ist. Er wird anderswo Platz finden, in der Pflegeabteilung eines schönen barocken Altersheims mitten in der Stadt. Ein prächtiges Gebäude mit einem weiten Innenhof und einem plätschernden Brunnen. Von Zeit zu Zeit fährt das große schwarzglänzende Auto in den begrünten Hof und holt einen Toten ab. Die hier Sitzenden betrachten die Szene mit einer Mischung aus Neugierde und Genugtuung. Noch ist ihre Stunde nicht gekommen. Doch keiner der hier Wohnenden wird das Gebäude lebend verlassen. In den Stockwerken die langen, im Dämmerlicht liegenden Flure mit den breiten Fensternischen, vor welchen Tische und Stühle stehen. Hier sitzen die alten Menschen, Insassen, ist man versucht zu sagen. Denn viele sind nicht mehr ansprechbar, andere sitzen den ganzen Tag in Stummheit verharrend und einige stoßen unverständliche Laute und kurze hohe Schreie hervor. Eine kleine weißhaarige, in sich versunkene Gestalt ruft immer wieder nach ihrer Mutter, verwandelt sich in das kleine hilfsbedürftige Kind. Hier an einem der Tische verbringt der Mann seine letzte Lebenszeit, die Augen auf eine aufgeschlagene Zeitung gerichtet, eine erloschene Pfeife im Mund. Seine Geliebte sitzt tagelang bei ihm. Schält ihm eine Orange, füttert ihn mit Trauben, hält seine Hand. Protokolliert. Abends wird sie die kurzen Dialoge in ein Heft schreiben. Hier endlich gehören sie zusammen, sind ein Paar geworden. Seine eigene Frau besucht ihn nur kurz und nicht einmal jeden Tag. Man sieht sie von Weitem durch den langen Flur kommen, als habe sie es eilig, dann verlässt die Geliebte und Freundin ihren

Platz, um bald wiederzukommen. Die Frau bleibt nie länger als eine Viertelstunde. Sie sitzt kurz bei ihrem Mann, hört seine verwirrten Worte, hat nicht die Geduld zu warten, bis er einen zusammenhängenden klaren Satz ausspricht. Sie wird nie mehr etwas anderes von ihm vernehmen als eine unverständliche Aneinanderreihung von undeutlichen Wörtern. In einer Art Triumph wird sie von ihm sagen, nun sei er schwachsinnig geworden. (Er mit seinem einst scharfen Intellekt, seinem unfehlbaren Urteil.) Ganz anders erlebt ihn seine Freundin, die geduldig wartet und aufmerksam hinhorcht, bis er Wörter zu Sätzen formt, die seine letzten sein werden. Ein einfacher täglicher Dialog in einer letzten Lebenszeit. Kostbare endgültige Worte.

Folgendes hat sie aufgeschrieben.

„Es kommt mir vor, als hätte ich ein anderes Leben gelebt." – „Du hast ein gutes, erfülltes Leben gelebt."

„Es ist wunderbar, dass du da bist."

„Es ist jämmerlich, dass ich dir hier nichts bieten kann."

Er füttert mich, gibt mir aus seiner Tasse zu trinken.

„Ich bin um 50 Jahre gealtert."

„Ich bin nicht mehr der gleiche Mann wie damals.“ – „Du hast immer noch den gleichen schönen Kopf, das markante Gesicht.“

„Langweilst du dich?“ – „Nicht im Geringsten. Und du?“ – „Ich langweile mich nie, schon gar nicht, wenn du da bist.“

Manchmal muss ich zwischendurch nach Deutschland, und wenn ich wiederkomme: „Wo warst du all die Tage? Höchste Zeit, dass du wieder in Erscheinung trittst.“

„Magst du mich noch?“ – „Ich werde dich immer mögen.“

„Wohin gehst du?“ – „Nach Hause, in die kleine Wohnung, da warst du so oft.“ – „Und wie oft. Es war schön.“

Noch kann er lesen, vertieft sich in die Stelle eines Buches, wo er erwähnt wird. „Ich wusste nicht, dass der mich erwähnt.“

Er liest immer noch verschiedene Zeitungen.

Oft spricht er viel, doch ganz unartikuliert.

Vor allem wünscht er sich immer wieder Zärtlichkeiten.

„Man muss mich schon durch und durch kennen, um nicht in blinde Wut zu geraten. Ich bin doch ein unerträglich lästiger Mensch.“

Als ich wiederkomme, ich war in Deutschland: „Es ist genial, dass du es wieder einrichten konntest, mein Herzenskind, ich bin glücklich."

„Manchmal, da ist man müde und hat nichts getan …" – „Du hast in deinem Leben mehr als genug getan …" – „Und immer alles so schnell."

Versinkt in Nachdenklichkeit.

„Wie es wohl in 200 Jahren auf der Welt aussieht? Vielleicht haben sie da etwas erfunden …"

„Meine über alles geliebte Begleiterin durch all diese Jahre, danke für deine große Geduld …"

„Ich muss die Gewissheit haben, dass ich dich wiederfinde …"

„Deine Liebe ist überwältigend …"

Spricht von einer grünen Landschaft, in die er sich begeben wolle. „Wann verlassen wir dieses Gebäude?"

„Du darfst nicht weggehen …" – „Nein, ich gehe nicht weg."

Klar und deutlich sagt er dann: „Ich danke dir für alles, mein Herzenskind." Seine allerletzten Worte. Danach stumme Zärtlichkeiten, Berührungen. Küsse und langes Händehalten.

Um 22 Uhr desselben Tages entschläft er. Abends kehre ich wieder und sitze bei meinem toten Geliebten. Betrachte sein schönes, auf einmal wieder jugendliches

Gesicht. Bleibe lange, sehr lange so sitzen, ein stummer Abschied. Bis sich leise, Mitternacht ist längst vorbei, die Tür öffnet und eine Schwester mich behutsam hinausgeleitet.

III.

„Zur Stund“ heißt das Haus in der morgenstillen Gasse, in welchem eine Freundin wohnt, der sie sich anvertraut hat. Sie schläft in ihrer Dachwohnung des alten Hauses, weiß nichts von der heutigen Reise, von dem „zur Stund“ stattfindenden Aufbruch, Beginn, der zur Stunde beginnenden Überprüfung einer seit Langem verinnerlichten Realität, des mit der Zugfahrt seinen Anfang nehmenden Besuchs. Der Besuch zu einer alten Dame, eine Komödie ist es nicht, noch weniger eine Tragödie, keine irgendwie zu bezeichnende literarische Gattung. Vielmehr ein Stück Lebensgeschichte, der unbekannte, verschwiegene Teil des Lebens einer Frau und eines Mannes, die sich lieben.

Die Träume der vorangegangenen Nächte waren unruhig, der Schlaf zerstückelt, das elektronisch gesteuerte Aufwachen in Schlaftrunkenheit unlustvoll, und der Tag zuvor nicht „in großer Vorfreude", wie die alte Dame von sich sagt, verbracht, sondern in großer Unruhe. Und nun, unmittelbar neben den Schienen, nur getrennt durch einen Rasenstreifen und alte Bäume, die weite Fläche des Sees, grau, bewegt unter dem bedeckten Himmel. In den Buchten schwankende Masten von Segelbooten. Und gegenüber reden sie von zunehmenden, von abnehmenden Phasen. Später die unbeweglichen Rehe jenseits, am Waldrand, die Kindheit evozierend – damals war das äsende Reh im Nachbargarten nie von der Stelle gewichen und das Kind wusste lange nicht, war es lebendig, war es eine den Rasen schmückende Figur, sodass dem Reh zeitlebens etwas Märchenhaftes anhaftete, als sei es wie im alten französischen Lied das verzauberte Mädchen, das der jagende Bruder erlegt und das abends auf silberner Platte angerichtet zu sprechen beginnt – das Reh im Nachbargarten des alten, schattigen Hauses, in dem die Familie lebte, die drei Kinder, der noch junge Vater, die anmutsvolle Mutter zärtlich liebend, die Erinnerung, wie sie saßen nebeneinander vor ihren Moccatässchen, nach dem Mittagessen, ungestört im Gespräch, die Kinder ausschließend, damals, die trotz des Krieges heile Welt, Oase des Glücks, vor einem halben Jahrhundert. Bis nach Jahrzehnten gemeinsamen Lebens, in dem weder die Frau noch der Mann etwas Wesentliches zu vermissen schien, der Mann sich zu seinem eigenen Erstaunen, Erschrecken beinahe, so heftig und nachhaltig verliebte, dass er bis zu seinem letzten Atemzug ein Doppelleben führte. Zwei verschiedene Leben.

Jetzt wird die Tochter die Andere aufsuchen in dem kleinen Ort an der Donau, dem nie erblickten Strom, dessen Verlauf sie im Atlas mit dem Finger nachgezeichnet hat. Die Spannung, die ansteigt mit dem Voranschreiten der Zeit, dem Schrumpfen des Abstands zwischen der Vorstellung, den inneren Bildern, und ihrer realen Überprüfung, doch zuvor ein Umsteigen, ein Warten auf ödem Bahnsteig, die Jugendlichen, die sich aus Fast-Food-Tüten ernähren, Ketchup verkleckern, das Nähern des Lokalzugs, von Schülern überfüllt, und mitten unter ihnen ein grauhaariger bärtiger Lehrer mit einer Naturledertasche, mit dem Aussehen eines Altachtundsechzigers, und ein wie gegenseitiges Erkennen, ein kurzer Dialog vor einem erneuten Umsteigen, und diesmal sich umgesehen in der Bahnhofshalle, später nochmals eingestiegen und nach kürzester Zeit am Ziel angelangt.

Auch diesmal sieht sie sie zuerst, bevor die alte Dame sie erblickt, weil sie diese im Alter vorkommende Augenkrankheit hat, und auch diesmal trägt sie einen ihrer runden Hüte, ein damenhaftes Attribut ihrer Generation, nicht dunkelblau wie vor zwei Jahren, sondern braun, doch nicht schmeichelhafter, wo sie doch sonst sich nie um Konventionen geschert hat, das Leben sie sehr früh daran gewöhnt hat, dass Konventionen den Gang der Geschichte in nichts aufhalten, dass auf sie kein Verlass ist, dass hinter ihrer mustergültigen Ordnung nichts als Leere sich auftut, sie sehr bald begriffen hat oder zu begreifen gezwungen wurde, in beschleunigtem Zeitmaß gewissermaßen, dass auf sich selbst zu berufen das einzig Verlässliche ist, auf die innere Stimme, auf die eigenen Fähigkeiten, dass das Einhalten von Konventionen wie zum Beispiel das Tragen eines Hutes höchstens dazu dienen kann, sich die andern in einiger Entfernung vom Leib zu halten, sie glauben zu machen, man halte sich an Ererbtes, unbesehen Übernommenes, um umso freier, umso unabhängiger handeln und vor allem denken zu können. Jetzt hat sie sich umgedreht, auf ihrem

Gesicht immer noch der Widerschein einer auftauchenden Sorge, ängstlichen Vorahnung, die Erwartete könnte den Zug verpasst oder in einen falschen eingestiegen sein, diese seit Jahrzehnten, seit dem Krieg und seinen Folgen unwillkürliche Vorwegnahme eines Unglücks, das nie gezögert hatte sich einzustellen und in weit größerem Ausmaß als vorausgeahnt, und dann das erlöste Lächeln, der jugendliche Blick, die Umarmung. Endlich.

Hier war sie zu Hause, hier würde sie der anderen, Jüngeren, zeigen können, was diese nicht wusste, wovon diese sich bis jetzt kein Bild machen konnte, und nicht in erster Linie den Ort, diese nach dem Krieg rasch wieder aufgebaute Kleinstadt, die gepflasterte Fußgängerzone, die kleine Brücke über den Fluss, der weiter weg in die Donau mündete, der kleine, von Wasser umgebene Platz, „Klein-Venedig", die von lieblosen Häusern gesäumten Straßen, das chinesische Restaurant, und auf der anderen Seite des Flusses die Altstadt, kleine Gärten, alte hohe, dem Krieg trotzende Bäume, liebliche Ufer und das frühere Kloster, seine Barockkirche und nicht weit davon entfernt die Burg, der Felsen, das Grab der Herzogin. Nicht in erster Linie also den Ort, die Kulisse, obwohl die von weit Hergereiste alles sehen, sich von allem ein eigenes Bild machen wollte und zudem ein mildes Junilicht die kleine Stadt in pastellfarbenen Tönen, von ihrer schönsten Seite sich zeigen ließ, doch selbst dieses Licht, diese alten, vom Krieg unversehrt gebliebenen Bäume, der jahrhundertealte Flusslauf hätten die siebenstündige Bahnfahrt nicht gerechtfertigt, dazu brauchte es mehr, und außerdem hatte die Stadtbesichtigung erst anderntags stattgefunden, und die alte Dame musste sich dazu überreden lassen. Zuerst, gleich nach der Ankunft, gleich nach der Erleichterung, sie endlich zu sehen, gleich nach dem Wiedersehen, hatte sie nach Hause gedrängt, hatte sie ein Taxi herangewinkt, das nach wenigen Minuten wieder angehalten hatte, und jetzt hatte sie es eilig, ihre Haustür zu erreichen, die Treppe hochzulaufen, vorauszuschreiten, die Wohnungstür aufzustoßen, „hier". Und „er ist nie hier gewesen, nie". Und weiter „zuerst lebte meine Mutter noch, sie hätte es nicht verstanden, und dann – dann war es zu spät". Sie führt den Gedanken nicht zu Ende, nämlich, dass er zu alt geworden war, unfähig, sich loszumachen von zu Hause, allein zu reisen, wegzufahren, Züge zu besteigen, auf Bahnsteigen zu warten, aber vor allem Entschlüsse zu fassen, selbständig durchzuführen, etwas an die Hand zu nehmen, zu spät dafür. Nicht nur die Ältere, die

Jüngere vor allem wünschte sich, es wäre anders gewesen, er wäre es, der an ihrer Stelle sich umsähe in dieser nur leicht geordneten Ansammlung dessen, was in einem Leben sich anhäuft an kleinen und großen Kostbarkeiten, vom Vater gemalte Aquarelle, silbergerahmte Bilder der Großeltern, der Eltern, liebliche Gläser, kleine Schalen, antiquarische Bücher, aus Zeitschriften ausgeschnittene Fotos, vor allem aber die vollgestopften Bücherregale und die selbstgemachten Kunstwerke aus zahllosen, in raffinierter Weise zusammengefügten Papierschnitzeln, farbige Collagen, die die Wände bedecken – außer der einen Wand, von der er blickt, lebensgroß, lächelnd, zärtlich, wacht über ihren Schlaf, über die letzte Stunde vor dem Einschlafen, die erste Stunde der Morgenfrühe. Sie, die Jüngere, der Besuch, blickt ihn an, den sie so gut kennt und den sie doch wie zum ersten Mal erblickt, ein anderer, der ihm gleicht bis in jede Einzelheit, und doch – den Ausdruck hat sie nie gesehen oder, sehr viel früher, in einer weit entfernten Zeit, als sie auf seinem Schoß saß, als sie das kleine dicke Kind war mit dem drolligen Lachen, „kleiner Chinese", es ist lange her. Während hier der Mann nicht mehr jung ist, seine dichten Haare grauweiß sind, seine Hände mit Altersflecken bedeckt, doch in den Augen diese weiche Zärtlichkeit aus einer wie entschwundenen Zeit. Wachgerufen durch sie, die Frau. Und noch einmal er, das kleine, schön gerahmte Format, und daneben ein anderer, das strenge schmale schöne Gesicht, der tiefe Ernst, die großen, etwas abstehenden Ohren, und hinter den runden Brillengläsern der Blick, der zu wissen scheint, was kommen wird, wenn er, der junge Mann, sich nicht einfügt in die Parolen, in die Zeitgeschichte, der versuchen wird, beim Anblick seiner selbst nicht erröten zu müssen vor Scham, der gefasst und ohne Selbstmitleid, ohne Hass auch, das Unvermeidliche zu erkennen scheint in einer nicht fernen Zukunft, nämlich seinen eigenen Tod an der Front, wohin er geschickt wird, nachdem er sich weigert, der Partei beizutreten, und sie, an seinem Arm, hell gekleidet, mit ihrem schönen gelockten Haar, ihrem jungen Gesicht, sie wird ihn unterstützen, wird zu ihm halten, wird um ihn weinen. Und auch sie wird nicht erröten müssen, wenn sie in den Spiegel blickt. Spiegel? Es gibt wenige hier, vermutlich dünkt sie sich nun alt, ist nicht mehr willens, ihrem Spiegelbild zu begegnen, sieht sich verändert, so viel älter geworden mit einem Schlag, während der langen Wochen, die sie an seinem Bett verbracht, über die sie nachts Protokoll geführt hat, Stunde um Stunde erwähnt, seine

Worte, seine Gesten aufgeschrieben, seine ersten Worte am Morgen, seine letzten am Abend, und endlich seinen allerletzten Satz, die Jüngere will das Protokoll nicht lesen, will nicht eindringen in die Initimität eines Paares, noch nicht, noch lange nicht, hört sich bloß den letzten, den allerletzten Satz an, ein schöner Satz, befreit von jeglicher Verwirrung, von jedem Missverständnis, von allem Überflüssigen, sieben Wörter, in voller Klarheit ausgesprochen, und nichts mehr. Einer, der den Umgang mit Sprache beherrscht hat wie wenige, bedient sich ihrer für einen letzten Satz, dem nichts mehr folgen kann außer dem Schweigen. Einige Stunden später ist er tot.

„Ach, ich rede zu viel. Mögen Sie denn noch?" Und sie kramt in einem Umschlag, einem anderen als vorhin, und sie findet noch ein Foto und ein anderes, „kennen Sie das?" Und zwischen den Fotos ein Zeitungsausschnitt, „haben Sie dieses Bild von ihm je gesehen?", „Und dieses hier?", „Ach und da, schauen Sie, da waren wir in S., 1966", und er trägt die etwas ausgefallene Weste, als habe er sich damals verjüngen wollen oder, viel eher, als habe er sich plötzlich wieder jung gefühlt, oder war sie es, die vor der Auslage eines Geschäfts ausgerufen hatte, „schau, das würde dir gut stehen", und er sogleich bereit, seinem überaus klassischen Bekleidungsstil untreu zu werden, seiner Garderobe ein Stück beizufügen, über das sich seine nächste Umgebung etwas gewundert und bei welchem seine Frau bemerkt hatte, wie mutig er nun plötzlich sei, „ja und hier, sehen Sie, ist das nicht ein schönes Bild?“, es gibt keine schlechten Bilder von ihm, er ist fotogen, sein Kopf markant, in seinem schönen Mund steckt oft eine Pfeife Marke Dunhill, im altehrwürdigen Mutterhaus in London erstanden.

Und dann die Bücher, die er ihr geschenkt hat, meiner L., meiner geliebten L., das kommt der Jüngeren bekannt vor, versetzt sie in die Kindheit, ins Jugendalter, wo sie in jedem Buch, das sie zu Hause aufschlug, eine Widmung fand, „meiner B.“, „meiner geliebten B.“, hier nun ein anderer Buchstabe, darunter aber ein unbekannter Name, Übername, Kosewort, nur den beiden bekannt und daher eine Intimität bezeugend, eine konspirative Nähe, geheimnisvoll, selbst ein Geheimnis, mit niemandem zu teilen, erst viel später dann und er schon lange tot, da wird die Tragweite dieses Geheimnisses offenbar, wird es in seiner ganzen Tiefe und Einmaligkeit für die staunende Besucherin gelüftet, die immer nur eines denkt, immer das gleiche, und es sich selbst ununterbrochen wiederholt: wie schön, wie einzigartig und wie schwer.

Ein drittes Land, in dem sie beide, die Frau, der Mann, nicht lebten, ein Land, das sie liebten, wurde zum erwählten, falls ein gemeinsames Leben je möglich werden sollte, und in jenem Land war der Traum angesiedelt, der Traum einer gemeinsamen Zukunft, Seite an Seite, in einem abgelegenen Landstrich, das Haus vor das innere Auge gemalt bis in jede Einzelheit, und die Jüngere, die vor allem zuhört, wünschte sich, der Traum wäre wahrgeworden, stattdessen traf der glückliche Zufall, das gnädige Schicksal nicht ein, der Mann blieb gebunden und wurde immer abhängiger, immer weniger erreichbar, immer unnahbarer, bis er in äußerster Schwäche und Hinfälligkeit zum Pflegefall wurde, dann erst traf so etwas wie Gnade ein, einige Wochen lang in einem Niemandsland zwischen Leben und Tod und eine damit verbundene Nähe, ein einziger langer Abschied. Und dann blieb sie zurück, die alte Frau, versenkte sich in das Archiv des Geschriebenen, des Fotografierten, des Gedruckten. Datierte, ordnete und füllte nach und nach einen Koffer, den Koffer, wenn später von ihm die Rede sein wird, der schwer und schwerer wurde, schließlich randvoll gefüllt, nur mit Mühe zu verschließen und seines Geschicks harrend, des Forschers, Historikers, seinen Inhalt zu lüften, zu sichten, zu bearbeiten oder auch festzustellen, dass die darin enthaltene Epoche keiner Wiedererweckung bedarf. Sie hoffe, sagt die alte Dame, ihre monatelange Mühe sei nicht vergeblich gewesen, und denkt nicht daran, dass die Mühe längst belohnt worden ist durch eine Verlängerung der gemeinsamen Lebensdauer, eine Ausdehnung der Lebenszeit anhand von Erinnerungen, von Bildern, von Niedergeschriebenem, und das Los des Koffers, seines Inhalts, den Toten kaum berühren könnte, vielmehr der Lebenden dient und dadurch seine Existenz berechtigt, dieser schwere verschlossene Koffer, Bewahrer eines Lebenswerks, Gefäß dessen, was bleibt, Schriftengrab, während Stille sich ausbreitet über dem Gemeinschaftsgrab, wo er liegt, Schilf sich wiegt, Vögel kreisen und der Tod einmal mehr nichts von sich preisgibt.

*

Lange Jahre zehrte sie von den Erinnerungen. Sie waren unerschöpflich, schienen sich zu vermehren. Dreiunddreißig Jahre. Sechs Jahre nach seinem Tod erst nahm sie zum ersten Mal wieder eines seiner Bilder hervor, vertiefte sich in das geliebte Antlitz, und sie konnte endlich beginnen, in seinen Briefen zu lesen. Obwohl sie ganze Briefstellen auswendig kannte, ging von seiner schönen Handschrift ein besonderer Zauber aus. Eine unverwechselbare Schrift, die alles schulisch Erlernte weit hinter sich gelassen hatte. Sie las jeden Tag, jeden Abend und kurz vor dem Einschlafen. Sie konnte nicht genug davon bekommen. Die Wörter, die Sätze, ihre allumfassende Zärtlichkeit füllten die Wohnung bis in die dunkelsten Winkel, ein heller Klang, der nie mehr verstummte. „… ich bin noch ganz erfüllt von den herrlichen Stunden, die Du mir bereitet hast, und unendlich dankbar für Deine Liebe, Zärtlichkeit, Rücksichtnahme …", „Wir sind uns immer nahe. Ich schlafe mit Dir ein und erwache mit Dir. Wir gehören uns. Ich liebe Dich, Du bist mein Leben." Und die Landstriche kehrten alle wieder und bildeten den Hintergrund zu den Klängen, zu Stimme und Wort. England, immer wieder. Die grasbewachsenen Hügel, der große, sich selbst überlassene Park, das weitläufige Schloss. Sussex, zu jeder Jahreszeit, sommerlich warm, herbstlich leuchtend, später stürmisch und unwirtlich. Das abendliche helle Feuer. Die Gespräche. Die beginnende Nähe und Zärtlichkeit.

„6. Oktober 1983. Dies ist der 20. Geburtstag seit unserer Begegnung im englischen Sommer, dem Anfang einer Liebe, die unser Leben in der zweiten Hälfte beglückte. Und an diesem Tag kann ich Dir nur danken für alles, was Du mir gegeben und dauernd schenkst, was Du um meinetwillen auf Dich genommen hast, um den Anteil, den Du immer an meinem Leben und Schaffen genommen hast wie niemand sonst. Das darf ich Dir an diesem Tag sagen, dem bald das vertraute direkte Gespräch, von Mund zu Ohr und Mund zu Mund nachfolgen wird. Ich hoffe, Dich schon auf dem Bahnsteig in die Arme schließen zu können. Und Du weißt, dass meine Liebe zu Dir unvergänglich ist. Ich bin und bleibe Dein Q.“ Der rätselhafte Buchstabe, Anfangsbuchstabe eines englischen Wortes, eines zärtlichen Übernamens. Die Briefe, ein unerschöpflicher Fundus. Als das Schreiben nicht mehr möglich war, begannen die langen Wochen vor seinem Tod, begann das tagelange Beisammensein. Jetzt, sagt die alte Frau, jetzt warte ich darauf, ihn wiederzusehen.

*

Es gibt ein Bild, das die Tochter täglich mehrmals anschaut. Es lehnt an Bücherrücken, ein schwarzweißes Foto. Das Paar. Das Ehepaar. Sie stehen nebeneinander, die Schultern berühren sich beinahe, beide blicken in dieselbe Richtung, er zeigt auf etwas, deutet mit ausgestrecktem Zeigfinger darauf, wohin beide den Blick wenden. Ein Gemälde, ein Mensch? Sie sind an einer Vernissage. Sagt er etwas? Sein Mund ist leicht geöffnet. Sein faltiger Hals verschwindet im gestärkten Kragen eines gestreiften Hemdes. Licht fällt auf seinen Schnurrbart. In seinem Blick etwas Doppelbödiges, leicht Ironisches, als habe er eine Rolle zu spielen, die er nun, nach so langer Zeit, nicht mehr ganz ernst nehmen könne.

Ganz anders der Blick seiner Frau. Die Augen wirken kleiner jetzt, wie verborgen in den Höhlen, das linke Lid senkt sich herab, trotzdem erkennt man ihren Ausdruck. Dabei zieht sich einem das Herz zusammen. So viel Verletztheit, eine so große Unsicherheit, vollkommene Hilflosigkeit. Die Tochter erinnert den früheren Stolz, das Strahlen. Als hätte es sie nie gegeben. Auch der Mund ist leicht geöffnet, möchte lächeln. Es gelingt nicht. Sie stehen nebeneinander, sie gehören zusammen und scheinen doch getrennt. Und sie erinnert diese gealterte Seele eines immer noch erwartungsvollen Kindes, das an Wunder zu glauben nie aufhören wird, an ein aus Gold gesponnenes Leben, viel lieber eingebildete Leben sich vorstellt, *vies imaginaires*, und sie hört ihre zarte monotone Stimme, die sie frühmorgens anruft, um zu sagen, ihr Kopf schmerze, es sei der Föhn, das Wetter, und als sie schließlich dieser Schmerzen wegen und der gelegentlichen Schwindelanfälle einen Arzt aufsucht, der ihr nach einem längeren Gespräch in seiner Landarztpraxis ein Medikament verschreibt, das sie aus einer Apotheke der nahen Stadt kommen lässt, und sie zuhause im Salon eines alten, schönen Hauses Tee trinkt, dazu Kekse isst, einen Augenblick sitzen bleibt, die Kapseln aus dem länglichen Schächtelchen herausnimmt und zu lesen beginnt, wird sie, bei den Wörtern „kann auch bei depressiven Verstimmungen …" angelangt, aufstehen, Arzneimittel und Zettel packen und in der Küche in den Abfalleimer werfen voller Widerwillen und Abscheu. Sie nicht. Sie braucht so was nicht.

*

– Schmerz, nichts als Schmerz. Nicht kurze Zeit, stechend, brennend und zuletzt eine langsam verblassende Narbe. Nein. Jahrzehntelang. Bis zu meinem baldigen Tod, ich bin fast 97 Jahre. Ein Schmerz, der mir anklebt wie eine zweite Haut, die ich nicht entfernen kann. Immer spürbar. Gleichzeitig unsichtbar. Ich habe sie alle angelogen. Schlimmer, viel schlimmer ist, dass ich versucht habe, mich selbst zu belügen. Er sprach von sechs Jahren, lange zurückliegenden. Eine Lüge, die ich als Wahrheit hinnahm. Nur dem Schein nach. Manchmal war ich nahe daran, sie für wahr zu halten. Es ist mir nicht gelungen. War es sein abweisender Blick, plötzlich, ohne Vorankündigung, war es ein abruptes Schweigen, undurchdringlich, das als steinerner Kubus im Raum stand, den ganzen Platz einnahm. War es sein Rückzug mitten am Tag, als sei er ganz woanders. Sechs Jahre. Hätte ich bloß daran glauben können. Wäre es mir doch gelungen. Stattdessen. Ich wundere mich, was der Mensch aushalten kann. Mit einem Schlafmittel konnte ich den Schmerz betäuben und einschläfern, umso grausamer war das morgendliche Aufwachen. Die Täuschungen der Nacht wurden zu Fratzen. Das Aufstehen fiel mir jeden Tag schwerer. Und er, als sei nichts, als sei niemals etwas gewesen, als sei alles wie zuvor. Ich bin nicht allein, wir sind Legionen, wir Frauen. Männer? Auch. Nur weiß ich von ihnen nichts. Es sind die Frauen, die sich ins Vertrauen ziehen. Hilft es? Manchmal ja. Kurze Zeit. Ich bin nicht die Einzige. Ein Trost und zugleich keiner. Möchte nicht jeder Mensch einmalig sein, mit niemandem zu vergleichen? Einmalig bist du, hat er mir immer gesagt. Mit keiner anderen zu vergleichen. Eine frühe, eine sehr frühe Liebe. Wir waren kaum erwachsen. Wie wir das Leben liebten. Wie furchtlos wir waren. Ich erkenne mich nicht mehr. Eine alte gebückte Gestalt, glanzlose Augen, Teilnahmslosigkeit. Und diese Gier nach Süßem. Sechs Jahre, habe ich mir täglich eingeredet, sechs Jahre, habe ich den Kindern gesagt, diese „sechs Jahre" sollten endlich die Wirklichkeit verdrängen, sich zu einer alles überdeckenden Wahrheit ausbreiten, einem undurchdringlichen kompakten Stoff. Kurz vor seinem Tod hat er zu mir gesagt: Wie sehr habe ich dich geliebt. Ich trug diesen Satz in mir, er wärmte mich, ein spätes Licht ging von ihm aus. Er war schon tot, als ich mir plötzlich bewusst geworden bin, dass er den Satz in der Vergangenheitsform ausgesprochen hatte. –

*

– Love me tender, stand geschrieben, im Vorbeigehen, Eilen pflückte ich den Satz, er blähte sich auf zu Kopfgröße, füllte meine Gehirngänge aus – mein Kopf droht zu platzen bisweilen, der Föhn, der Föhn, ich lasse eines der Geldstücke fallen, die ich in der Hand bereithalte, um die Schokolade zu kaufen für den Enkel, wo ist das silberglänzende Geldstück, gehe zwei Meter zurück, love me tender auf dem Zeitungsaushang, das Geldstück dreht sich ein letztes Mal, Kopf oder Zahl. Die Zahl. Zwanzig. Keine Zahl ohne Erinnerung, von Worten ganz zu schweigen. Zwanzig, da hatten wir uns verlobt, 1925 war das, und hätte mir das Zwanzigrappenstück den Kopf zugewendet, diesen stolzen Frauenkopf unserer Helvetia, unserer Landesmutter, auch ich war ein Modell einst, für Maler, für Bildhauer. So wie er. Brunnenfigur, athletisch. Ich hebe das Geldstück auf, zwei Franken vierzig kostet *Le Monde*, den ich für meine Tochter kaufe, Französisch ist meine Muttersprache, ein Blick zurück auf die Schrift, love me tender, auf welchem Gleis fährt der Zug, ich besuche den jüngsten Enkel, der seinen Großvater auf den Sockel stellt, der Großvater wie in Bronze gegossen, über das Gewimmel der Gewöhnlichen blickend, wenn er wüsste, wenn er bloß wüsste – ich kenne den Mann, seit ich sechzehn bin, ich darf mir nichts anmerken lassen, lieber werde ich von der Süßspeise ein drittes Mal mich bedienen und er wird denken, der Junge, was für eine gierige Großmutter, oder weiß er etwas, hat seine Mutter, die meine Tochter ist, ihm die

Wahrheit gesagt, hat sie sie ihm ins Gesicht geschleudert, kaum. Er sammelt die Pfeifen, die sein Großvater ihm lässt, die alten Dunhill-Pfeifen mit dem feinen Riss im dunklen Holz des Kopfes, während im markanten Kopf des Großvaters, wenn er raucht und Seite um Seite umblättert, Memoiren, Briefwechsel, die Gedanken abschweifen, mäandernd, er blickt durch mich hindurch, umkreist in der Ferne eine Figur, ich habe sie nie gesehen, die Frau, die Andere, love me tender und dazu die Zahl, Zwanzig, ich werde von der Süßspeise mich ein drittes Mal bedienen, ich will mir nichts anmerken lassen, ich will dem Jungen, meinem Enkel, den Großvater nicht zertrümmern, das habe ich in der Hand, nur noch das, nein, ich will nicht, bitte noch einen Löffel voll, und dann ein Nickerchen, die Augen schließen auf dem Sofa, den Kopf auf den Samtkissen, die mir meine Tochter unterschiebt, meinen schweren, einst stolzen Kopf, der schmerzt, Föhn, immer Föhn hierzulande. –